KB142919

오세혁
희곡집

보도지침

오세혁 희곡집

작가의 말

희곡을 썼지만, 희곡을 공연으로 만드는 것은 스태프와 배우의 힘입니다.
공연을 만들었지만, 공연이 기억되고 이야기되는 것은 관객의 힘입니다.
첫 번째 희곡집이 나오기까지 10년, 두 번째 희곡집이 나오기까지 5년.
15년의 시간을 스쳐간 스태프와 배우와 관객을 모두 기억하기란 참 힘듭니다.
교정을 위해 한 편 한 편을 살피는 동안, 놀랍게도 천천히 떠올랐습니다.
어떤 생각이, 어떤 희곡을 쓰게 했고, 어떻게 만들어져서, 어떻게 공연되었는지.
어떤 공연에서, 어떤 사람을 만나고, 어떤 이야기를 나누고, 어떤 기억으로 남았는지.
그리고 떠오르는 두 마디.

"고맙습니다." "미안합니다."

함께해 주셔서 고맙습니다. 더 잘하지 못해서 미안합니다.
이 책이 고마움의 기록과 미안함의 증거로 남길 바라며.
세 번째 희곡집이 나올 무렵에는,
고마움이 늘어나고 미안함이 줄어들길 기원하며.

이 책을 읽고 있는 여러분의 오늘 하루가
조금은 행복하시길 소망하며.

2019년 9월
오세혁

차례

오세혁 희곡집

보도지침

* 이곳은 법정이지만 법정의 형식과 말투에 매일 필요는 없다. 이곳은 죄를 가르는 법정인 동시에 마음을 고백하는 극장인 동시에 논쟁이 펼쳐지는 광장이다.

* 이 작품에 등장하는 모든 사건은 모든 시대가 뒤섞여 있다.

* 이 작품의 등장인물이 하는 말들은 보도지침 사건의 실제 인물들이 법정과 기자 회견에서 실제로 했던 말들이 포함되어 있다.

무대

법정.

법정에서

온갖

시공간을 넘나든다.

공연에 쓰이는 모든 소품은

법정의 물품으로 표현한다.

등장인물

주혁

정배

돈결

승욱

원달

남자/여자

0 기자회견

여자, 객석에 앉아 있다가, 공연 1분 전에

여자 여러분, 1분 뒤면 역사적인 순간이 펼쳐집니다. 아직 카메라를 끄지 말아 주세요. 카메라를 두 손 높이 들고, 1분 뒤에 등장할 젊은 언론인 두 명의 기자회견 장면을 마구마구 찍어 주세요! 역사의 현장을 담아 주세요!

주혁과 정배 등장.

여자 드디어 기자회견의 주인공 김주혁과 김정배가 등장했습니다! 가지고 오신 카메라로 오늘 이 역사적인 기자회견장을 담아 주시기 바랍니다. 그리고 널리 널리 퍼뜨려 주시길 바랍니다!

주혁 우리는 오늘 이 자리에서, 권력이 언론에 보내는 공공연한 비밀 지시문인, 이른바 〈보도지침〉의 구체적 자료를, 월간 독백의 특집호로 공개한다.

이 책을 읽는 국민들은 놀랄 것이고 당황할 것이고 분노할 것이다. 마찬가지로 이 책을 읽는 권력자들도 놀랄 것이고 당황할 것이고 분노할 것이다.

진실을 읽은 국민들은 진실을 감춘 권력에 대해 분노할 것이고 진실을 읽은 권력자들은 진실을 밝힌 장본인들에게 분노할 것이다. 그리고, 우리를 찾아내기 위해 모든 노력을 할 것이다.

정배 우리가 공개한 보도지침을 은폐하기 위해 또 다른 보도지침이 내려지고 있다는 소문을 들었어요. 우리가 공개한 보도지침은 보도지침 때문에 보도가 되고 있지 않아요. 거꾸로 우리에 대해서 온갖 조작된 사실들이 보도되고 있어요. 나는 국가의 안보를 위협하는 사람이 아닙니다. 나는 사회주의자가 아닙니다. 나는 북을 추종하는 세력이 아닙니다. 나는 대한민국 국민입니다. 나는 대한민국을 사랑합니다. 그렇기 때문에 대한민국을 사랑한다는 핑계로 자신들의 이익을 지키려고 하는 모든 세력을 폭로하고자 합니다. 나는 반국가적인 인물이 아닙니다. 당신들, 나를 반국가적인 인물로 몰아세우는 당신들이 반국가적입니다.

주혁·정배 답하라! 당신들은 권력을 어떻게 차지했는가! 답하라! 당신들은 차지한 권력을 누구를 위해 사용했는가! 답하라! 이 땅에서 이루어낸 기적 같은 경제 성장의 열매를 누가 다 차지하는가! 답하라! 이 모든 진실을 감추기 위해 아침마다 신문사로 팩스를 보내는 자들은 누구인가! 이 모든 진실에 대한 답을 듣기 위해 우리는 이 책을 세상에 공개한다!

주혁과 정배, 들고 있는 보도지침 서류를 뿌린다.

#1 재판 직전

남자, 무대 위에서 관객들에게

남자 오늘도 꽉 찼군요. 소문이 사실이었네요. 이 재판, 이 재판이 전 국민의 관심을 끌고 있다는 것. 자리를 못 구해서 안달이라네요. 말도 안 돼요. 이게 무슨 연극도 아니고, 재판인데, 사람을 심판하는 자리인데, 왜 우리는 이 자리에 모인 걸까요. 어쨌든 좋습니다. 우리나라는 자유민주주의 국가니까요. 재판을 자유롭게 지켜볼 자유가 있습니다. 자유, 하지만 자유에는 책임이 따릅니다. 자유민주주의 국가의 시민이 되려면 자유뿐 아니라 의무도 다해야죠. 지나친 자유는 방종을 부릅니다. 시민들이 방종하면 국가가 흔들립니다. 여기 이 자리가 바로 지나친 자유를 주장하다가 국가를 흔들리게 만든 방종한 시민들을 재판하는 자리입니다. 여러분은 이 방종한 시민들을 방종만 하며 지켜보지 말고 계속 생각하세요. 계속. 이들이 왜 이렇게 방종하게 되었는지. 우리는 어떡하면 이들과 달리 방종하지 않을 수 있는지. 계속 생각하세요. 계속. 이 재판은 여러분의 방종을 막아 주는 최후의 보루가 될 겁니다. 이 재판을 끝까지 지켜보세요. 여러분은 역사의 현장에 있는 겁니다.

여자, 남자가 말하는 와중에, 관객들에게

여자 개소립니다. 완벽한 개소리. 걱정하지 마세요. 저 남자는 안 들립니다. 저 남자는 듣고 싶은 말만 듣고 보고 싶은 것만 보고 말하고 싫은 말만 하는 남자니까요. 저 남자는 지금도 우리에게 말을 하고 있을 뿐, 우리 말을 들으려 하지 않습니다. 저 남자는 우리에게 생각하라고 할 뿐 우리 생각을 표현하라고 하지 않습니다. 저 남자는 저 남자를 바라보는 내 표정이 얼마나 분노에 차 있는지 보려고 하지 않습니다. 자유민주주의 국가에서 보지 않고 듣지 않고 말하지 않으려 하는 저 남자. 저 남자야말로 방종의 화신입니다. 우리가 이 재판을 지켜보지 않으면 저 남자는 계속 방종할 겁니다. 계속 지켜봅시다. 이 재판을 끝까지 지켜봅시다. 이 재판은 저 남자의 방종을 1퍼센트라도 되돌릴 수 있는 최후의 보루가 될 겁니다.

남자 거기 뭐 합니까. 신성한 법정에서 벌떡 일어서질 않나. 일어서서 아무 말도 안 하고 가만있지 않나.

여자 네, 저는 아무 말도 안 했습니다.

남자 앉아요. 재판을 시작합니다. 재판은 엄숙해야 합니다. 하지만 오늘의 재판은 국가의 운명을 좌우하는 뜨거운 재판이기 때문에, 재판의 주인공들이 등장할 때마다 뜨거운 박수로 응원해 주십시오. 검사 측과 피고인 측 어느 쪽도 뜨겁게 응원할 수 있습니다. 이 나라는 자유민주주의 국가니까요. 하지만 이왕이면,

여자 강요하지 맙시다. 자유민주주의 국가에서.

남자 아, 그렇지. 자유민주주의 국가지. 하마터면 강요할 뻔했네. 자, 그럼. 최돈결 검사가 등장합니다. 뜨거운 박수로 맞아 주십시오.

돈결, 입장.

남자 황승욱 변호사가 등장합니다. 박수 치려면 치고, 말려면 마십시오. (대충 박수)

승욱, 입장.

남자 오늘의 재판이 열리게 만든 일등공신. 방종한 국민의 아이콘. 피고인 김주혁과 김정배입니다. 저들에게는 박수를 치지 않는 게 좋을 겁니다. 저들은 아직 유죄의 가능성을 갖고 있으니까요.

여자 난 박수를 칠 겁니다. 저들은 아직 무죄의 가능성을 갖고 있으니까요.

여자, 박수 친다.

남자 마지막으로 등장하시는 분한테는 각별히 뜨거운 박수 부탁드립니다. 이들이 유죄가 되느냐 되지 않느냐를 결정하실 분이죠. 이들이 유죄가 되느냐 되지 않느냐에 따라 국가의 운명이 좌우됩니다. 좌, 우. 국가의 운명을 한 몸에 지고 계신 분입니다. 송원달 판사님을 세상에서 가장 뜨거운 박수로 모시겠습니다.

원달, 등장.

원달 (관객들의 얼굴을 둘러보며) 오늘 재판, 쉽지 않겠군. 눈빛들이 심상치가 않아. 마음먹고 보러 온 눈빛들이야. 저 눈빛들에 지지 않으려면 우리 모두가 정신 똑바로 차리고 재판에 임해야 합니다. 시작합시다. 지금부터 국가보안법 위반, 외교상 기밀누설, 국가모독, 집회 및 시위에 관한 법률 위반 건에 대한 재판을 시작합니다.

#2 법정

원달 검사 측, 공소사실 진술하세요.

돈결 피고인 김주혁은 한국대학교 사회학과를 졸업하였으며, 현재는 대한일보 사회부 기자로 활동 중인 자이고, 피고인 김정배 또한 한국대학교 정치학과를 졸업하였으며, 현재 월간 '독백'의 발행인으로 활동 중인 자이다. 피고인들은 정부에 대한 강한 비판적 견해를 갖고, 본 정부의 문화공보부 홍보정책실이 통상 국가적 기밀 사항에 해당하는 내용이라고 판단하여 언론 보도에 신중을 기해 줄 것을 협조 요청할 경우, 그 요청을 받은 언론사는 독자적으로 판단하여 사실 보도에 단지 참고만 해 오는 것이 국내외 언론계의 관행으로 되어 있음에도 불구하고, 피고인들은 이를 마치 정부가 언론을 통제하기 위해 일방적으로 시달하는 소위 '보도지침'이라고 '왜곡'하여 불법 기자회견을 열어 집회 및 시위에 관한 법률을 위반하였으며 월간 독백을 통해 문화공보부의 협조 요청문을 공개하고 불법 출판함으로써 본국이 아닌 타국의 언론사 및 기관에 국가기밀을 누설하여 국가보안법 위반, 외교상 기밀누설, 국가모독에 해당하는 행위를 했다. 이상입니다.

원달 피고인 측 변호인.

승욱 기네요. 말이 너무 길어요. 할 말을 쉽고 짧게 하지 못할 정도로 이 사건이 그렇게 복잡한가요. 무섭네요. 단어들이 무서워요. '강한 비판적 견해' '국가적 기밀 사항' '불법 기자회견' '불법 출판' '기밀누설' '국가 모독' 이 단어들을 듣고 피고인들을 바라보니 준수한 피고인들의 얼굴이 무서운 얼굴로 돌변하는 것 같습니다. 이 사건은 무섭지 않습니다. 피고인 김주혁은 기자입니다. 기자의 본분에 충실합니다. 그 본분은 언론의 자유입니다. 하지만 본분에 충실할 수 없습니다. 신문사로 아침마다 팩스가 날아옵니다. 그 팩스에는 이런 지시문이 쓰여 있습니다. 그 기사는 보도하지 말 것. 그 기사는 작게 보도할 것. 그 기사는 꼭 1면에 실을 것. 그 기사는 반드시 맨 뒤 맨 밑에 실을 것. 그 기사는 그 단어를 뺄 것. 그 기사는 그 단어를 넣을 것. 김주혁은 당황스럽습니다. 그 당황스러움에 대해 신문사의 그 누구도 설명하지 않습니다. 신문사에서는 그 팩스가 아침마다 오는 일이 당연한 일처럼 여겨졌으니까요. 그 당연한 일이 김주혁에게는 당연하지 않은 일로 여겨집니다. 김정배의 눈에도 '당연하지 않은 일'로 여겨집니다. 두 사람은 이 당연하지 않은 일을 당연하지 않게 만들기 위해 팩스의 내용을 공개하고 기자회견을 합니다. 당연하지 않은 일을 당연하지 않다고 말하는 것은 헌법에 명시된 언론과 표현의 자유입니다. 헌법대로 행동한 모범 시민들을 법정에 세우지 말고 헌법을 무시함으로써 대한민국의 존재를 뒤흔들고 있는 음모 세력들을 법정에 세우십시오. 이상입니다.

원달 길구만. 검사와 변호사의 거리가 너무 길어. 유죄와 무죄 사이의 거리가 너무 길어. 양쪽의 거리가 왜 이렇게 멀어질 수밖에 없는지 나는 아직 모르겠소. 이 재판에서 거리를 좁힐 수 있을지 모르겠소. 하지만 가야겠지. 시작했으니까. 자, 가봅시다. 서로의 거리를 좁히기 위한 노력을. 이곳은 죄를 가르는 법정인 동시에, 말을 주고받는 광장인 동시에, 마음을 고백하는 극장이라고 생각합시다. 난 오늘 이 재판에서 어떠한 격식도 차리지 않겠소.

원달, 법복을 벗는다. 그와 동시에

모두 법정의 옷을 벗는다.

원달 말을 하시오. 거리를 좁히시오. 나는 말과 말의 조율을, 거리와 거리의 조율을 하겠소.

돈결, 월간 독백 특집호를 들고 온다.

돈결 어떻게 거리를 좁힐 수 있을까요. 이 책이 있는데. 월간 독백에 실린 보도지침 특집호. 김주혁이 10개월간 모은 584건의 국가기밀이 공개되어 있습니다. 한두 건만 공개가 되어도 국가에 심각한 타격이 올 수 있습니다. 김주혁은 무려 584건을 공개했습니다. 김정배는 이 584건의 기밀들을 책으로 만들어서 3만 부를 배포했습니다. 584건 곱하기 3만 부만큼의 거리를 대체 어떻게 좁힐 수 있단 말입니까.

승욱, 잡지를 낚아챈다.

승욱 좁힐 수 있습니다. 읽어 볼까요. 여기 실린 이른바 국가 기밀을.

돈결 200명이 넘는 방청객들한테 국가기밀을 읽어 주자는 얘깁니까? 584건 곱하기 3만 부 곱하기 200명이라. 상상할 수도 없군요.

승욱 이 책의 내용을 읽어 주었을 때 방청객들의 반응을 보면 알 수 있지 않겠습니까. 방청객들도 국민의 한 사람이니까.

돈결 평범한 국민이 국가의 거대한 작동원리를 이해할 수 있을까요.

승욱 국민들이 알지 않아도 되는 국가의 작동원리라는 게 있을까요?

돈결 그건 재판부에서 판단할 문젭니다

승욱 국민들이 판단할 문젭니다.

승욱·돈결 재판장님!

원달 국민들의 판단을 반영한 재판부의 판단을 하겠습니다. 읽어 보세요.

승욱, 잡지를 펼친다.

승욱 이 책의 첫 장 첫 줄. '수입 농산물로 농촌 파멸 직전'이라는 기사는 보도하지 말 것. 이건 왜 국가 기밀입니까?

돈결 외국 농산물 기업과의 관계가 악화될 수 있고 국내 농민들에게 절망감을 줄 수 있기 때문이죠.

승욱 '국방부 고위 관료들, 미국 F-15 전투기 구매 과정에서 뇌물수수 혐의로 조사 및 청문회 예정' 이건 왜 기밀인가요.

돈결 국방에 관한 정보를 노출하면 주변 강대국 및 북한의 태도가 달라질 수 있기 때문입니다.

승욱 국회의원 김대중 얼굴, 1면에 싣지 말 것, 김대중 얼굴이 국가기밀입니까.

돈결 김대중 얼굴보다 더 중요한 얼굴들이 대한민국에는 얼마든지 있습니다.

승욱 코미디언 심철호 씨 중국 방문. 이건 왜 기밀입니까.

돈결 중국은 공산주의 국가니까요. 자유민주주의 국가의 코미디언이 공산주의 국가에 웃기러 가다니! 이런 웃기는 일이 어딨습니까! 법정에서 이런 말은 죄송하지만, 이런 질문에 답을 하는 제가 바보 같습니다.

승욱 제가 정말 바보인가 봅니다. 아직도 왜 국가 기밀인지 이해할 수가 없습니다.

원달 그만들 합시다. 검사와 변호사가 서로들 바보라고 하면, 바보들과 판결을 내리는 나는 뭐요? 두 사람은 이제 피고인들에게 집중하시오.

돈결 피고인 김주혁은 이 책의 출판 경위를 세세하게 진술하세요.

주혁 세세하게 진술할 필요 없습니다. 간단하니까요. 아침마다 신문사에 오는 팩스를 입수해서 인쇄해서 책으로 냈습니다.

돈결 그 팩스는 어디로 오는 것인가요.

주혁 신문사로 온다고 말하지 않았나요.

돈결 정확히 신문사의 어느 부서로 오는지 물었습니다.

주혁 편집국장실로 옵니다.

돈결 편집국장실로 오는 팩스를 왜 일개 기자가 받아본 것인가요? 권한이 있습니까?

주혁 국장실의 팩스는 신문사 재산입니다. 신문사의 재산은 모든 직원에게 공개되어 있습니다. 부장실 팩스는 쓰고 국장실 팩스는 쓰지 말라는 지침 따위는 없습니다. 보도지침 말고는.

돈결 보도지침이라, 보도 협조 사항을 말하는 거죠?

주혁 보도 협조 사항이 아니라, 보도지침입니다.

돈결 표지에 보도지침이라고 쓰여 있었나요?

주혁 아무것도 쓰여 있지 않았습니다.

돈결 그런데 왜 자꾸 협조 사항을 지침이라는 단어를 써서 강제성이 있는 것처럼 얘기합니까?

주혁 강제성이 있기 때문입니다.

돈결 왜 강제성이 있습니까?

주혁 두 가지 이유 때문입니다. 첫째, 지시적인 어휘입니다. 그 기사는 1단으로 해라, 그 기사는 톱으로 키워라, 이 사진은 빼라, 이 사진은 넣어라. 문장 전체가 지시문입니다. 협조 사항인데 이토록 지시적인 어휘를 사용합니까? 둘째, 압박입니다. 야당의 전당 대회 기사를 신문 맨 뒤 맨 아래에 1단으로 줄여서 보도하라는 지침이 내려왔을 때, 그날의 모든 신문의 전당대회 기사가 맨 뒤 맨 아래에 1단으로 실렸습니다. 국방부가 희생 장병들을 위한 성금을 회식비로 사용한 사건이 터졌을 때, 이 사건을 보도하지 말라고 지침이 내려왔습니다. 한 신문이 보도하려고 했습니다. 다시 지침이 내려왔습니다. 절대 절대 절대 보도하지 말 것, 결국 보도하지 못했습니다. 이 두 가지 이유로 저는 보도 협조 사항이 아니라, 보도지침이라고 확신합니다.

돈결 각 신문사 모두 야당의 전당대회가 정말로 맨 뒤 맨 아래에 실릴 만한 기사라고 생각하지 않았을까요? 국방부 회식 사건보다 훨씬 더 중요한 기사들이 신문에 실려야 한다고 생각하지 않았을까요? 그런 생각의 와중에 받아 본 협조 사항을 보고 더욱더 확신을 하게 되지 않았을까요?

주혁 참 바람직한 언론 일치로군요.

돈결 그렇죠. 아주 바람직한 언론 일치입니다. 언론인으로서 자부심을 가지시기 바랍니다.

주혁 네, 그러도록 하겠습니다. 이 사건이 바람직하게 판결이 난다면 말입니다.

돈결 대학 시절, 대통령을 비난하는 유인물을 살포하다가 기소유예 처분을 받은 사실이 있죠?

주혁 살포가 아니라 소지입니다. 뿌리기 직전에 잡혔습니다.

돈결 그 유인물을 피고인 김정배로부터 받았다고 알고 있습니다.

주혁 받은 게 아니라 주웠습니다. 정배가 떨어뜨린 것을 제가 주웠습니다.

돈결 피고인 김주혁과 김정배는 대학 시절부터 알게 된 사이라고 하던데 어떤 경위로 알게 되었나요?

주혁 몰라서 물으십니까.

돈결 뭐라고요?

주혁 몰라서 묻냐고 물었습니다.

돈결 무슨 말입니까.

주혁 검사 최돈결은 김주혁과 김정배가 대학 시절에 어떻게 만났는지 알지 않나요?

돈결 …

주혁 검사, 대답하시오.

돈결 …

주혁 검사, 대답하시오.

돈결 …

주혁 돈결아! 대답해 인마!

#3 연극반

법정이 연극반으로 바뀐다.

남자 왜 대답을 못 해! 30년 역사와 전통을 자랑하는 한국대 연극반에 왜 들어왔는지 대답을 하란 말이야! 최돈결!

돈결 그냥 들어왔습니다.

남자 엎드려뻗쳐! 김정배!

정배 연극을 통해 자아를 실현하고 싶습니다.

남자 엎드려뻗쳐! 황승욱!

승욱 연극을 통해 또 다른 나를 만남으로써…….

남자 엎드려뻗쳐! 김주혁!

주혁 원래 탈춤반 가려고 했는데 착각을 해서.

남자 넌 대가리 박아! 똑똑히 들어라. 너희들은 모두 거짓말을 하고 있다. 이유가 없는 행동은 없다는 것을 아는 것에서 연극은 시작된다. 너희들이 연극반에 들어왔다는 것은 너희들이 연극반에 들어올 이유가 있다는 것이다. 너희들은 아직 이유를 모른다. 왜냐? 너희들의 껍데기 같은 의식이 너희들의 보석 같은 무의식을 가로막고 있기 때문이지. 지금부터 의식을 깨고 무의식을 불러오겠다. 어떻게 불러오냐고?

남자, 술이 가득 담긴 징을 들고 들어온다.

남자 이건 징이다. 새끼들아. 늬들이 징을 아냐 새끼들아. 징이란 풍물에 쓰이는 네 가지 악기 중 하나다. 새끼들아. 꽹과리 장구 북 징 새끼들아. 각자 자연의 소리를 닮았다 새끼들아. 북은 구름, 장구는 비, 징은 바람, 꽹과리는 천둥 새끼들아. 줄여서 운우풍뢰, 새끼들아. 근데 왜 징일까. 꽹과리는 깽깽 뚫고 나가고, 장구는 쿵따궁쿵따궁 내달리고, 북은 둥둥 울리면서 각자 제 멋대로 소리를 낸다. 근데 우리의 징이 지잉 지잉 울리면서 나머지 세 악기를 감싸 준단 말이다. 징은 어떤 소리도 다 감싸 준다. 우리 연극반도 마찬가지다. 그 어떤 꼴통도 또라이도 우리 연극반에서는 하나가 된다. 막걸리 같은 새끼, 소주 같은 새끼, 맥주 같은 새끼, (주혁을 가리키며)개새끼, 지금이라도 나가 이 새꺄, 가긴 어디를 가 이 새꺄. 일루와 새꺄. 이런 변절자 같은 새끼마저도 모두 다 이 징에 담겨 있다. 징을 들어라. 담아라. 너희들의 위장에 모두 담아라. 그리고 취해라. 이게 바로 연극 정신이다.

주혁들, 돌아가면서

술을 필사적으로 마신다.

다 비울 때까지.

남자 술기운이 올라오지? 그게 바로 무의식이 올라오는 거다! 지금 말해라! 떠오르는 생각을 내뱉어라! 소리를 질러라! 그게 바로 진실이다! 연극은 진실을 말하는 것에서 시작된다!

돈결 우리 집은 부자다! 대대로 부자다! 등 따시고 배부르게 공부만 하면서 살아온 내가 싫다! 유리 같은 내가 싫다! 나는 변신하고 싶다! 나는 연극 속에서 걸인도 되고 싶고 도적도 되고 싶고 혁명가도 되고 싶다!

남자 솔직하다! 다음!

승욱 우리 집은 가난하다! 대대로 가난하다! 부모님은 내 등만 바라본다! 공부하고 있는 내 등만 바라본다! 나는 내 등만 바라보는 그 눈빛이 너무 무겁다! 그 무거움을 털어 버리려고 공부만 했던 내가 싫다! 나는 변신하고 싶다! 나는 연극 속에서 귀족도 되고 싶고 시인도 되고 싶고 바람둥이도 되고 싶다!

남자 솔직하다! 다음!

정배 수업 듣기 싫다! 대학도 가라니까 왔다! 연극반에 오면 맨날 술도 마시고! 어쩌면 배우가 될 수도 있고! 어쩌면 씨씨가 될 수도 있다고 해서 왔는데! 이런 시발!

남자 나도 속아서 왔다! 다음!

주혁 왜 술을 먹이냐! 왜 억지로 술을 먹이냐! 술 먹어야 연극을 하냐!

남자 그래 참 솔직…. 이 아니고 뭐 인마?

주혁 왜 억지로 술을 권하십니까? 꼭 술을 마셔야 무의식이 나오고 연극 정신이 나오는 겁니까?

남자 그건 아니지. 그건 그렇고, 이 자식이 선배한테 건방지게.

주혁 논쟁을 하는데 위아래가 있나요. 오성과 한음은 다섯 살 차이였는데.

남자 새꺄! 이건 전통이야! 창립기 선배님들로부터 쭈욱 내려온 전통! 누구 하나도 토를 달거나 의심하지 않았는데 감히 새파란 신입생이 토를 달아? 의심을 해? 의심하지 마! 믿어! 마시라면 마셔!

주혁 작년에 선배님도 마시고 응급실 실려 가셨다면서요.

남자 죽는 줄 알았다. 선배들이 억지로…. 엄마 아빠 못 알아보고…. 그래도 난 극복했어. 새꺄! 마시라면 마셔!

주혁 납득이 가지 않습니다! 마시지 않겠습니다!

남자 모두 엎드려뻗쳐!

돈결 저희는 잘했는데 왜 같이 뻗쳐야 합니까!

남자 연대 의식이야 새꺄! 친구들끼리 의리가 있어야지!

승욱 오늘 처음 만났기 때문에 아직은 친구 상태가 아닙니다!

남자 알았어! 그럼 그냥 뻗쳐!

정배 그럼 저는 이 사건을 대자보로 붙이겠습니다!

남자 뻗치라면 뻗쳐! 새꺄! 이 새끼들이 왜 이렇게 이성적이야? 말 좀 들어 새끼들아! 이 새끼들이 정말! 너희 셰익스피어 알아? 햄릿 알아? 햄릿이 연극에 대해서 이런 말을 남겼다. '잊지 말게. 연극은 인간의 영혼을 비추는 거울이어야 하네.' 뭔 뜻인지 알아? 연극을 하기 전에 인간이 되란 소리야. 너희들은 연극 하려면 멀었어. 왜냐? 인간이 덜되었거든. 내가 너희를 배우가 되기 이전에 인간으로 만들어 주겠다.

남자, 주혁들에게 기합을 준다.

여자, 소주를 사 들고 등장.

여자 우리 아들 많이 컸네. 햄릿을 다 인용하고.

남자 어머니! (주혁들에게) 얘들아 인사드려라! 연극반 대선배님이시자 최고의 햄릿이셨지. 지금은 총학생회 문화국장으로서 우리 학교의 문화예술정책을 모조리 컨트롤하는 분이셔. 한마디로 좀 빨간 분이야.

여자 연극을 하다 보면 자연스럽게 빨개지는 법이지. 왜냐, 우리 아들이 말한 것처럼 연극은 인간의 영혼을 비추는 거울이니까. 인간의 영혼을 맑게 비추려면 인간이 사는 사회를 먼저 맑게 만들어야 하지 않겠어? 근데 우리나라 좀 이상해. 인간을 얘기하면 따뜻하게 보는데 사회를 얘기하면 빨갛게 봐. 저 새끼가 나를 빨갛게 보는 것처럼. 어이구, 저 회색 새끼.

남자 회색은 무채색입니다. 그 어떤 색깔과도 섞일 수 있는 색이죠. 본연의 색을 바꾸는 게 아니라 더 부드럽고 은은하게 바꿔 줍니다. 예를 한번 들어 볼까요? 새파란 색을 파아란 색으로, 샛노란 색을 노오란 색으로. 그리고 뭔가 오랫동안 바라보기에는 부담스러운 새빨간 색을 빠알간 색으로 바꿔 줍니다. 제가 생각하는 연극은 회색입니다. 전 영원한 회색으로 남겠습니다.

여자 그럼 그 세 가지 색들이 다 섞이면 무슨 색이 되는지 아냐? 까만색이 돼, 이 시커먼 새끼야.

남자 복잡한 색깔 논쟁은 그만하고, 대선배님이 왕림하셨는데 본격적으로 연극 정신을 키워 볼까! 술판 깔자!

여자 잠깐, 오늘의 대선배님은 따로 계셔. 선배님!

원달, 양주를 들고 등장.

남자 이럴 수가, 이럴 수가, 이럴 수가, 애들아! 인사! 아니, 큰절을 올리자! 우리 모두 학교의 운명을 좌우하시는 송원달 교수님을 뜨거운 박수로 모시겠습니다!

원달 어허, 오늘은 연극반 선배로 온 거야.

남자 선배님께서는 우리 연극반을 창립하시고 법대 수석 입학의 천재이시며 법대 최연소 교수님인 동시에 최연소 학과장님으로 재직 중이시다.

여자 가장 중요한 소개를 왜 빼냐. 봉제공장 노동자 전태일이 근로기준법을 들고 자기 몸에 불을 질렀지. 우리는 기계가 아니다. 근로기준법을 준수하라. 처음에는 아무도 그 죽음에 관심 갖지 않았어. 언론에서도 아주 작은 기사로 다뤘지. 그때 우리 학교 법대생들이 전태일의 장례를 치렀어. 그 후로 모든 사람들이 전태일을 알게 되었지. 그 장례를 주도한 선배님 중 한 분이 송원달 선배님이셔.

원달 자네는 내 수업은 안 들어오면서 내 뒷조사만 하고 다니는군.

여자 선배님의 뒷조사가 저한테는 수업입니다. 저도 선배님처럼 살고 싶거든요. 보이지 않는 것들을 열심히 보면서 살고 싶어요.

남자 저도 선배님처럼 살고 싶습니다. 최연소 교수에 최연소 학과장. 반드시 해내겠습니다!

원달 그렇게 쉽진 않을 거야.

모두 웃는다.

원달 그런데, 우리 연극반이 언제부터 입을 말하는 데 썼나?

남자 그렇죠. 입은 마시는 데 써야죠. 술 깔자! 양주부터 까자!

여자 연극에 양주가 웬 말이냐! 소주부터 까자!

원달 어허, 연극반 왜 그래? 우리는 무조건 섞어야지! 그게 연극 정신이지! 연극은!

다 같이 시대의 정신적 희망이다!

모두 신나게
커다란 징에
술을 섞고
돌아가면서 마신다.
모두 취한다.

주혁, 아직도 망설이며
마시지 않는다.

남자 김주혁, 아직도 무의식이 안 올라오냐?

주혁, 징을 한동안 바라보다가

씩 웃으며, 몽땅 비운 후

비틀거리며

주혁 돈다, 빙빙 돈다, 어지럽다, 세상이 어지럽다, 세상이 어지러워서 난 자빠진다. 난 부끄럽다.

남자 부끄러울 때는 술을 마셔라. 술을 마시면 술 마시는 내가 부끄러워진다. 그럼 또 마셔라. 그럼 또 부끄러워진다. 그럼 또 마셔라. 그렇게 술 마심과 부끄러움이 반복되다 보면 한평생 잘 끝난다.

여자 생각하면서 살지 마라. 살면서 생각해라. 시대는 바뀌고 바뀌고 또 바뀐다. 그때마다 시대의 부끄러움도 달라진다. 그때마다 생각하고 생각하고 또 생각해라. 그럼 너는 부끄럽지 않게 살 수 있다. 이 온갖 가능성이 열려 있는 파릇파릇한 놈아.

원달 내가 반백 년을 살아오면서 깨달은 진리가 있다. 꼭 술 못 마시는 놈들이 썰을 푼다는 것이다. 썰로 설명할 수 있는 진리가 몇 개나 되겠냐. 말에 속지 마라. 아직 말할 수 없는 것에는 침묵해라. 그냥 마셔라. 말로 말하지 말고 표정으로 말해라. 너의 말이 무르익을 때를 기다려라. 술이 무르익는 것처럼.

뜨거운 박수.

즐거운 술자리가 이어진다.

그러다, 모두 취해 쓰러진다.

주혁과 원달만 애써 살아남는다.

주혁 선배님, 왜 그랬어요?

원달 응?

주혁 괜찮으셨어요?

원달 뭐가?

주혁 이곳 저곳에서요.

원달 몰라서 묻나?

다들, 웃는데 주혁만 웃지 않는다.

주혁 네, 정말 몰라서 묻는데요.

#4 법정

공간이 법정으로 바뀐다.

주혁 네, 정말 몰라서 묻습니다.

정배 저도요, 정말 몰라서 묻습니다.

돈결 피고인, 대체 뭘 모르겠다는 겁니까?

정배 정말 모르겠습니다. (월간 독백을 집어 들고) 이 책 한 권이 어떻게 세상을 흔들었다는 것인지. 이 책이 그렇게 힘이 있습니까? 이 책이 권력인가요? 폭력인가요? 자본인가요? 이 책은 그저 책일 뿐입니다. 아니, 그냥 책은 아니죠. 진실이 담겨 있는 책이니까. 진실이 담겨 있는 책이 대한민국에서 어떤 힘이 있습니까. 대한민국은 진실이 넘치는 아름다운 나라인데요. 하늘엔 조각구름 떠 있고 강물엔 유람선이 떠 있는 나라 아닙니까. 가끔 배들이 침몰하긴 하지만.

돈결 대한민국을 참 사랑하시는군요.

정배 네, 완벽하게 사랑합니다. 더욱더 사랑을 표현해 볼까요?

돈결 네, 표현하시죠. 조금만 더 사랑하시면 법정 모독 및 국가모독죄로 추가 기소될지도 모르니까요.

정배 그렇다면 사랑하지 않겠습니다. 대한민국과 이별하겠습니다.

돈결 걱정하지 마세요. 재판이 끝나면 강제로 작별하게 될 테니까. 김정배는 월간 독백의 편집인으로서 김주혁과 함께 비밀 사무실에서 보도 협조 사항 150매를 검토 분석하여 월간 독백 특집호로 발행한 사실이 있습니까?

정배 비밀 사무실이 아니고 그냥 사무실입니다. 주소는 경찰한테 물어 보시죠. 매달 발행일마다 정기적으로 찾아와서 절 데려갑니다. 이름은 모릅니다. 검은 옷을 입고 명찰을 안 달았거든요.

돈결 검은 옷을 입고 명찰도 안 달았는데 잘도 경찰인지 아시는군요.

정배 도둑이 자기 보고 도둑이라고 합니까?

돈결 좋습니다. 데려가서 뭘 하나요?

정배 잡지를 함께 펴 놓고 사이좋게 밑줄을 긋습니다. 사무실로 돌아옵니다. 밑줄 그은 부분만 싹 빼고 다시 발행합니다.

돈결 월간 독백에도 실리면 안 되는 내용이 실렸나 보군요.

정배 그랬나 봅니다. 올림픽을 앞두고 상계동 주민들이 철거당해 쫓겨난다는 기사가 국가 기밀인 줄은 몰랐습니다.

돈결 전 세계가 대한민국의 수도 서울을 주목하는데 서울의 부끄러운 곳을 보란 듯이 소개했군요. 외국 관광객들이 찾아오기라도 바라는 겁니까.

정배 네, 그랬으면 좋겠습니다. 와서 사진도 찍고 널리 널리 알리면 좋겠습니다.

돈결 널리 널리 알리는 것을 좋아하시는군요. 그래서 보도지침 특별호가 북한 노동신문에 실려서 대남 선전용으로 이용되었나 보군요.

정배 천만의 말씀입니다. 아주 다행히도 노동신문은 우리 자유 대한민국에서 구입할 수가 없습니다. 구입도 안 되는데 무슨 선전입니까. 구입도 안 되는 노동신문을 검사는 어떻게 입수했습니까? 검사 대답하시오.

돈결 김정배는 김주혁을 만나 보도 협조 사항을 공개할 것을 몇 번에 걸쳐 음모하였나요.

정배 몇 번에 걸쳐서가 아닙니다. 만나자마자 한 큐에 결정했습니다. 그리고 음모가 아닙니다. 음모는 나쁜 짓을 꾸밀 때 음모 아닌가요. 이건 착한 짓을 꾸민 건데요. 그리고 보도 협조 사항이 아니라, 보도지침입니다. 검사님은 왜 자꾸 까먹으십니까. 이 말은 현재의 신문과 방송에서 공식적으로 쓰고 있는 말입니다. 왜 지침을 따르지 않으십니까?

돈결 언론의 지침은 보란 듯이 따르면서 국가의 지침은 보란 듯이 거부하는군요.

정배 제 친구 최 모 씨한테 들은 얘깁니다. 우리의 우방인 미국 대통령 토머스 제퍼슨이 말했답니다. 신문 없는 정부와 정부 없는 신문 중에 택하라고 하면 정부 없는 신문을 택하겠다고.

돈결, 잠시 말이 없다.

돈결 책 제목이 『보도지침-권력과 언론의 음모』인데 책 제목은 누가 붙였나요.

정배 친구 김 모 씨가 붙였습니다.

주혁 예, 제가 친구 김 모 씨입니다.

정배 멋지지 않습니까?

돈결 권력과 언론의 음모라는 제목을 정한 음모는 무엇인가요.

주혁 음모 아닙니다. 사실입니다. 당연히 실려야 될 기사를 싣지 말라고 지침을 내리는 정치권과 그 지침을 따르는 언론, 이게 음모가 아니고 뭔가요.

돈결 이 책에 실린 기사들은 국제 관계 속에서 한국의 이익과 안전보장을 해칠 수도 있다는 것을 인지하고 있습니까?

주혁 한국의 이익과 안전보장을 위해서는 이 책에 실린 기사들이 더 널리 알려져야 됩니다. 한반도 곳곳과 DMZ에 수백 개의 핵무기가 존재할 수도 있다는 기사가 있더군요. 이걸 알아야 우리가 핵전쟁에 대비해서 국방의 의무를 성실하게 이행할 것 아닙니까.

정배 어쩌면 부동산 시세가 떨어질 수도 있으니까 집값이 싸질 수도 있고. 라면도 사고 생수도 사니까 경제도 활성화되고. 이게 한반도의 이익과 안전보장에 도움이 되는 기사가 아니고 뭔가요.

돈결 어쩌면 피고인들은 제가 알고 있는 것보다 더 위험한 생각을 하고 있을지도 모르겠습니다.

주혁·정배 …….

돈결 김정배에게 묻겠습니다. 월간 독백은 어떻게 만들어진 잡지인가요.

정배 몰라서 묻나?

돈결 장난치지 말고, 제대로 대답하세요.

정배 검사는 독백이 뭐라고 생각합니까?

돈결 뭐라고요?

정배 돈결아, 너는 독백이 뭐라고 생각해?

돈결 …….

#5 잔디밭

공간이 학교 잔디밭으로 바뀐다.

남자, 햄릿의 독백을 낭송한다.

남자 죽느냐 사느냐 그것이 문제로다. 가혹한 운명의 화살이여. 환난의 파도를 이 손으로 막아낼 수 있을까. 죽는다는 것은 잠든다는 것. 잠든다는 것은 꿈꾼다는 것. 내게 꿈꿀 권리가 없다면 세상의 비난과 조소를 어찌 견뎌낼 수 있을까. 폭군의 횡포, 세도가의 모욕, 사랑의 고통, 무성의한 재판, 관리들의 오만, 세상 곳곳 악취를 풍기며 썩어 들어가는 부패, 이 더러운 똥통 같은 세상을 어찌 참아낼 수 있을쏘냐. 한 자루의 단도면 깨끗이 청산할 수 있을 것을.

주혁들, 박수

남자 이게 바로 독백이야. 마음의 말이지. 일상에는 존재하지 않는 말이지. 마음속에 흐르는 생각을 혼자만의 시공간에서 말하는 것이 독백이다. 연극의 위대한 이유는 독백이 있기 때문이야. 일상에서는 한 사람이 긴 시간 동안 말하도록 내버려 두지 않는다. 저마다 자기 말을 하지. 연극만이 한 사람 한 사람의 긴 말들을…….

남자, 갑자기 운다.

남자 미안, 난 연극이 너무 좋아. 우리나라 사람들이 연극을 많이 봤으면 좋겠어. (울음을 그치고) 자, 돌아가면서 독백을 던져 봐! 이 잔디밭에서! 저 세상을 향해서! 가장 진실한 독백을 하는 새끼가 가을 정기공연의 주인공이 된다! 최돈결!

돈결, 남자를
똑같이 따라 한다.

돈결 죽느냐 사느냐 그것이 문제로다. 가혹한 운명의 화살이여. 환난의 파도를 이 손으로 막아낼 수 있을까. 죽는다는 것은 잠든다는 것. 잠든다는 것은 꿈꾼다는 것. 내게 꿈꿀 권리가 없다면 세상의 비난과 조소를 어찌 견뎌낼 수 있을까. 폭군의 횡포, 세도가의 모욕, 사랑의 고통, 무성의한 재판, 관리들의 오만, 세상 곳곳 악취를 풍기며 썩어 들어가는 부패, 이 더러운 똥통 같은 세상을 어찌 참아낼 수 있을쏘냐. 한 자루의 단도면 깨끗이 청산할 수 있을 것을

남자 너 이 새끼! 왜 이렇게 잘해?

돈결 선배님을 오마주했을 뿐입니다.

남자 학우 여러분! 최돈결을 기억해 주십시오! 황승욱!

승욱의 차례.

승욱 오늘은 소풍 가는 날.
아빠는 술에 취해 쓰러져 있다.
엄마는 울어서 퉁퉁 부은 얼굴로
도시락을 싼다.
나한테 도시락을 건네주며 말한다.

사이다를 못 사 줘서 미안해. 다음 소풍 때 꼭 사 줄게.

나는 소풍 장소에 도착해서 도시락을 꺼낸다.

보리밥. 그리고 김치.

내 짝이 같이 먹자고 도시락을 내민다.

나는 자꾸만 소시지에 눈이 간다.

하지만 나는 한 개도 먹지 않았다.

그 보리밥이 우리 엄마 같아서.

그 김치가 우리 아빠 같아서.

소시지를 먹으면 엄마 아빠한테 미안할 것 같아서.

나는 보리밥과 김치를 싹싹 비운다.

내 짝 앞에서 보란듯이 맛있게 싹싹 비운다.

남자 (울며)내가 소시지 꼭 사 줄게! 근데 이거 햄릿 아니지?

승욱 제 일기입니다.

남자 왜 일기를 준비했어?

승욱 독백은 마음의 말이라면서요. 전 이 말을 꼭 하고 싶었습니다.

남자 잘했어! 소시지 먹은 다음엔 꼭 햄릿으로 준비해 와. 다음!

정배 죄송합니다. 준비 못 했습니다.

남자 뭐? 준비를 못 했어?

정배 몇날 며칠을 생각해 봤는데 독백이 뭔지 도저히 모르겠습니다.

남자 다들 엎드려뻗쳐. 연극반 들어온 지 얼마나 됐는데 독백이 뭔지도 몰라? 다들 독백을 아는데 너만 독백을 몰라? 감히 선배가 내준 과제를 안 해 와? 교수님 과제는 빼먹어도 선배님 과제는 빼먹지 말라고 했거늘.

여자, 채플린의 '위대한 독재자' 독백을 읽는다.

여자 미안합니다만, 나는 황제가 되고 싶지 않군요. 그건 내 할 일이 아닙니다. 가능하다면 모든 이들을 돕고 싶습니다. 우리는 서로 돕길 원합니다. 남의 불행을 딛고 사는 것이 아니라 남이 행복한 가운데 살기를 원합니다. 인간은 자유롭고 아름다울 수 있는데도 우리는 그 방법을 잃고 말았습니다. 방송과 신문이 발명된 진짜 의도는 인간의 선함을 위해서 지구 전체의 인류에게 화합을 호소하기 위함입니다. 지금도 내 목소리가 세계 곳곳에 울려 퍼져서 수백만의 절망하고 있는 남녀노소에게 들리고 있지 않습니까?

주혁들 (환호하며) 들린다아!

여자, 정배에게 채플린의 독백을 준다.

여자 독백은 혼잣말이 아니야. 말을 전하고 싶은 대상이 있어야 해. 이 말을 누구에게 전하고 싶어?

정배 …….

여자 아직 모르겠으면 나를 보고 말해. 들어 줄게.

정배, 여자 선배를 보며, 더듬더듬 독백을 읽는다.

상당히 어색하다. 하지만 계속 열심히, 더듬더듬 읽는다.

친구들과 선배들이 추임새로 용기를 준다.

정배 인간이란 존재는 그런 것입니다. 다른 사람의 행복과 살아가길 바랍니다. 다른 사람의 불행과 살아가고 싶지 않습니다. 우리는 누굴 싫어하거나 경멸하고 싶지 않습니다. 우리의 지식은 우리를 냉담하게 만들었으며, 우리의 영리함은 우리를 차갑게 만들었습니다. 우리는 생각은 많이 하면서, 느끼는 건 정말 짧습니다. 우리는 기계보다는 인간성이 필요합니다. 우리는 영리함보다는 친절함과 상냥함이 필요합니다. 이것들이 없다면, 인생은 폭력이 될 것이며, 우리 모두 헛되이 살아가게 될 것입니다. 미워하지 마십시오. 사랑받지 못한 미움일 뿐이고, 자연스럽지 못한 증오일 뿐입니다. 사랑하기 위해 노력하십시오. 사랑받기 위해 노력하십시오. 왜냐하면 우리는 인간이기 때문입니다.

친구들, 환호하며 박수 친다. "인간이다!" "인간이다!"

정배, 뭔가 어색하지만 뿌듯하다.

그 순간, 전경들의 군홧발 소리가 들린다.

하늘에서 유인물이 눈처럼 내려온다.

모두, 혼란스럽다.

여자 도서관, 도서관에서 학우들이 유인물을 뿌리고 있어. 전경들이 다 잡아갈 거야. 구하러 가야 해.

남자 동아리방, 우린 동아리방으로 간다. 공연이 얼마 안 남았어. 우리가 다 잡혀가면 연극은 누가 해? 우린 연습해야 해.

여자 사람들이 다치고 잡혀가는데 연습을 한다고? 지금은 행동할 때야. 우리 힘을 보여 줘야 해. 광장에서.

남자 저마다의 행동은 다릅니다. 저마다의 힘도 다릅니다. 우리가 가진 힘은 연극입니다. 참고 또 참아서 우리 힘을 보여 줘야죠. 극장에서.

남자와 여자, 각자의 유인물을 주워서 읽는다.

여자 학우 여러분. 또 한 명의 대학생이 목숨을 잃었습니다. "5월의 시민들을 학살한 살인 정권은 사과하라"라며 도서관 옥상에서 투신

했습니다. 사과, 이 얼마나 소박한 소망입니까. 하지만 대통령은 전혀 사과하지 않습니다. 우리와 같은 대학생이 단지 사과를 받고 싶어서 생명을 끊었습니다. 하지만 이 사건은 그 어떤 신문에도 보도가 되고 있지 않습니다. 그 학생이 마지막으로 써 놓은 유서입니다. 모든 언론이 외면하고 있는 그 학생의 마지막 독백입니다. 여러분, 이 독백을 읽어 주십시오. 이 독백을 읽어 주십시오.

남자 치열한 전투를 치르는 남미 정글의 게릴라들이 연극 연출가에게 물었다. 마을 주민들을 위한 연극을 올릴 수 있을까요? 연출가는 분노했다. 이 지옥 같은 현실에서 연극 따위가 무슨 소용 있나요? 게릴라가 말했다. 이 지옥 같은 현실에서 연극마저 없으면 어떻게 하나요? 이 지옥 같은 현실에서 연극마저 없으면 어떻게 하나요?

주혁, 남자의 말에 귀를 기울인다.

돈결, 여자의 말에 귀를 기울인다.

승욱, 두 사람의 말을 멀리서 조망한다.

정배, 혼란스러워 채플린의 독백 종이를 든 채 멍하니 서 있다.

원달, 종이 하나를 집어 읽는다.

(이 유인물은 원달 역의 배우가 실제로 맡았던 배역의 독백이면 좋겠다. 이 버전에서는 윤상화 배우가 맡았던 '햄릿6'(기국서 작)의 독백을 읽는다.)

원달 잠들 것인가, 깨어 있을 것인가? 이것은 문제다.
고통의 세계를 못 본 체하고 무릎의 관절을 무르게 하여
이 뜨뜻미지근한 세계 속으로 몸을 잠기게 할 것인가.
아니면 두 눈 부릅뜨고 보이지 않는 적을 향해,
썩어 가는 세계를 향해 저항해야 하는가?
잠이 든다.

무릎을 웅크리고 가슴을 떨면서,
망상과 번뇌를 꿈에까지 끌고 들어가서,
끊임없는 악몽, 거짓 웃음, 자기기만.
발전이라는 이름 아래 만연되는 저 불유쾌한 허위의식을 견뎌야만 하는 것일까? 산처럼 일어나는 저 탐욕과 이기의 구름이 우리들 머리 위를 뒤덮고 우리들의 폐와 심장을 썩게 하는데도?
형체를 알 수 없는 미혹의 세균들이 우리들 가슴의 불에 재를 덮으며, 그 미혹들 때문에 우리들은 바보가 되어 가며,
창백한 우울증이 덮쳐 오고,
세계는 점점 정신 분열이 되어 가는 것이다. 급격하게.
이 죽음 앞에서, 이 주검들 앞에서,
씨를 뿌려라. 생명의 씨를 뿌려라.

정배 …

원달 참 신기해. 그냥 종이에 불과하지. 말이 적혀 있는. 하지만 이렇게 말이 적힌 종이쪽지가 언제나 세상을 흔들었지. 진실을 담은 말은 힘이 있기 때문일까. 어쩌면, 가장 진실한 말이 가장 강력한 독백이 되는 걸지도 모르지.

원달, 정배에게 자신이 읽었던 독백을 건넨다.
정배, 그 독백을 받는다.
그러나, 정배는, 그 독백을 받자마자
원달의 독백이 아닌, 자신의 독백을 한다.

정배 (인간이란 존재는 그런 것입니다. 다른 사람의 행복과 살아가길 바랍니다. 다른 사람의 불행과 살아가고 싶지 않습니다. 우리는 누굴 싫어하거나 경멸하고 싶지 않습니다. 우리의 지식은 우리를

냉담하게 만들었으며, 우리의 영리함은 우리를 차갑게 만들었습니다. 우리는 생각은 많이 하면서, 느끼는 건 정말 짧습니다. 우리는 기계보다는 인간성이 필요합니다. 우리는 영리함보다는 친절함과 상냥함이 필요합니다. 이것들이 없다면, 인생은 폭력이 될 것이며, 우리 모두 헛되이 살아가게 될 것입니다.

미워하지 마십시오. 사랑받지 못한 미움일 뿐이고, 자연스럽지 못한 증오일 뿐입니다. 사랑하기 위해 노력하십시오. 사랑받기 위해 노력하십시오. 왜냐하면 우리는 인간이기 때문입니다.)

지금 내 말을 듣고 있는 사람들에게 전합니다. 절망하지 마십시오! 증오는 지나가고 독재자들은 사라질 것이며 그들이 인류로부터 앗아간 힘은 제자리를 찾을 것입니다. 당신들은 기계가 아닙니다. 당신들은 인간입니다! 당신들의 마음속에는 인류에 대한 사랑이 숨 쉬고 있습니다. 그 사랑으로 화합을 이룩합시다. 세상을 자유롭게 하기 위해 싸웁시다. 국경을 없애기 위해 싸웁시다. 증오와 혐오를 없애기 위해 싸웁시다. 이성이 살아 있는 세상을 위해 싸웁시다. 모두에게는 일할 기회를, 젊은이들에게는 미래를, 노인들에게는 안정을 제공할 훌륭한 사회를 건설하기 위해 싸웁시다. 민주주의의 이름 아래 하나로 뭉칩시다!

#6 법정

공간이 법정으로 돌아온다.

정배 이렇듯, 진실을 담은 말은 힘이 있습니다. 가장 진실한 말을 우리는 독백이라 부릅니다. 월간 독백은 그 시대 사람들이 가장 하고 싶은 말들을 담습니다. 슬프게도 이 시대 사람들이 가장 하고 싶은 말들은 죄다 세상을 향한 말들입니다. 몇 년 전 그때 광주에서는 무슨 일이 일어났는지. 남영동 취조실에서는 왜 자꾸 사람이 반신불수가 돼서 나오는지. 왜 자꾸 대학생들은 거리로 나와 구호를 외치는지. 왜 자꾸 노동자들은 공장 굴뚝 위에 올라가서 100일 300일 500일이 넘도록 내려오지 못하고 있는지. 하지만 이 말들은 그 어느 언론에도 실리지 않습니다. 아니, 실렸었죠. 아주 잠깐씩, 신문의 아주 작은 귀퉁이에, 그 귀퉁이에라도 싣기 위해서 편집국장과 싸우고, 조판실을 사수하면서 신문을 발행하고, 신문에 실리지 않으면 따로 인쇄해서 호외로 퍼뜨린 기자들이 있었죠. 하지만 모두 쫓겨났습니다. 그런 기자들과 함께 만든 잡지가 월간 독백입니다. 구독 문의 02-456-7890 이상입니다.

모두, 잠시 말이 없다.

승욱, 갑자기, 검사석에 앉는다.

돈결 여기는 검사석입니다.

승욱 압니다.

돈결 알면서 왜 앉나요?

승욱 잠깐 앉아 보고 싶어서요. 늘 궁금했습니다. 검사석에 앉으면 뭐가 어떻게 보이는 건지.

돈결 그럼 검사를 하시지 왜 변호사가 되셨나요.

승욱 무서워서요. 죄 없는 사람한테 죄 주려고 애쓸까 봐.

돈결 저도 변호사는 못 합니다. 무서워서요. 죄 있는 사람 죄 없다고 우길까 봐. 이제 돌아가시죠. 마음껏 우겨 보세요.

승욱 네, 돌아가겠습니다. 마음껏 애써 보세요.

승욱, 주혁과 정배에게 질문한다.

승욱 피고인석에 앉아 있으면 기분이 어떤가요?

정배 대학 은사님 말이 떠오르네요. 몰라서 묻나?

주혁 햄릿 독백이 떠오릅니다. 유죄냐 무죄냐 그것이 문제로다.

돈결 이의 있습니다. 변호인과 피고인들은 신성한 법정에서 농담하고 있습니다.

원달 인정합니다. 재미도 없습니다. 변호인은 농담 말고 진담에 집중하세요.

승욱 예. 진담을 시작하겠습니다. 피고인들이 연행된 시기는 12월 9일입니다. 하지만 구속영장이 발부된 것은 12월 13일입니다. 영장이 발부되는 5일 동안 어디 있었나요.

주혁 모르겠습니다. 가는 동안 눈을 가리고 있어서요.

승욱 도착해서도 몰랐습니까?

정배 몰랐습니다. 방이 컴컴하고 책상 하나 침대 하나 욕조 하나만 있었거든요.

승욱 거기서 무슨 일을 겪으셨나요.

주혁 또 대학 은사님 말이 떠오르네요. 몰라서 묻나?

정배 또 햄릿 독백이 떠오르네요. 죽느냐 사느냐 그것이 문제로다.

돈결 이의 있습니다. 또 농담을 하고 있습니다.

승욱 이건 진담입니다. 피고인들의 몸에 그 어딘지도 모르는 곳에서 고문을 받았다는 증거들이 있습니다.

돈결 이의 있습니다. 변호인은 확인되지 않은 증거들로 추측을 하고 있습니다.

승욱 네, 확인이 안 되고 있습니다. 모든 상처가 죄다 넘어져서 생긴 상처라고 결론이 났더군요. 한 번 넘어졌을 뿐인데 머리부터 발끝까지 피멍이 들었습니다. 어떻게 넘어졌길래.

돈결 이의 있습니다. 변호인은 계속 확인되지 않은 증거들로 끝없이 추측을 하고 있습니다.

승욱 제가 말할 때마다 이의를 제기하시는군요. 저는 한 번도 이의 제기 안 했는데.

돈결 제 말에 제기할 이의가 없었나 보죠.

승욱 제기할 이의가 없었다는 그 말에 이의를 제기합니다.

돈결 제기할 이의가 없었다는 제 말에 이의를 제기한다는 그 말에 이의를 제기합니다.

승욱 제기할 이의가 없었다는 그 말에 이의를 제기한다는 제 말에 이의를 제기한다는 그 말에….

원달 그만! 그만들 좀 하시오! 정신들 차려요! 오늘 재판 정말 이상하군!

승욱 이 정도면 양호한 재판입니다. 어떤 재판은 잡혀 오자마자 사형선고를 내리고, 그날 새벽에 사형을 집행했었다는군요. 전 세계 사법 역사 암흑의 날로 선정되는 영광도 누렸다죠.

원달 자칫하면 이 재판이 두 번째 암흑의 날로 선정될 분위기요. 제발 정신 차려요.

승욱 피고인들은 그 어딘지 모르는 곳으로 구속영장도 없이 끌려갔을 때 부당하다고 생각하지 않았나요?

주혁 글쎄요! 우리나라는 원래 영장 없이 연행되고 구속되고 그러지 않나요?

돈결 이의 있습니다!

원달 어허!

승욱 김정배는 김주혁이 전해 준 보도지침 584개 항을 읽었을 때 어떤 느낌이 들었나요.

정배 웃겼습니다.

승욱 뭐가 웃기죠.

정배 대학생들이 종로3가에서 시위하고 나서 청소를 하는 모습이 상당히 성실하게 보일 수 있으므로 청소하는 사진 절대 싣지 말 것. 전두환의 사진은 최대한 활짝 웃는 얼굴로, 김대중 김영삼의 얼굴은 최대한 인상 쓰는 얼굴로 실을 것. 너무 웃기지 않나요?

승욱 나중에 제 결혼식 사진도 부탁해야겠네요. 본 보도지침을 어떻게 출판할 결심을 하셨나요.

정배 웃고 싶어서요. 세상에 워낙 웃을 일이 있어야죠. 경제 위기로 시름에 빠진 국민들이 슬플 때마다 읽고 웃었으면 좋겠습니다.

승욱 월간 독백을 발행하는 데 있어서 어려움은 무엇입니까

정배 별로 어려운 거 없습니다. 취재하다가 잡혀가고, 인쇄하다가 잡혀가고, 배포하다가 잡혀가고, 잡혀가는 것만 잘하면 하나도 어렵지 않습니다. 언제나 열심히 잡혀가려고 노력하고 있습니다.

승욱 이상하네요. 나올 때마다 잡아갈 바에는 그냥 없애면 되지 않습니까.

정배 이분들이 참 지혜로우세요. 일부러 없애지 않아요. 월간 독백의 발

행 부수는 8천 부밖에 안 됩니다. 그 8천 부가 얼마나 힘이 있겠습니까. 권총 한 자루, 탱크 한 대보다도 힘이 없죠. 8천 부의 힘으로 저들을 이길 수 없다는 걸 우리도 알고 저들도 압니다. 그래서 잡아갈 듯 풀어주고 풀어줄 듯 잡아가는 거지요. 숨통을 아주 작게 틔워 주는 거지요. 마치 언론자유가 있는 것 같기도 하고 없는 것 같기도 한 것처럼. 야당이 있는 것 같기도 하고 없는 것 같기도 한 것처럼, 경찰 신고 접수가 된 것 같기도 하고 안된 것 같기도 한 것처럼. 월간 독백은 힘이 없습니다. 그저 혼잣말에 불과할 수도 있죠.

승욱 힘이 없는데 왜 계속 발행하나요. 구속을 감수하면서까지.

정배 말까지 안 하면 죽을 것 같아서요.

승욱 보통 기자들이 기사를 쓸 때 국가 안보상으로 고민을 하는 편입니까.

주혁 그렇죠. 우리도 애국자니까.

승욱 그런데 보도지침은 왜 공개했죠.

주혁 애국자니까요. 알리면 알릴수록 국가의 이익과 안보에 도움이 될 것이라 생각했습니다.

승욱 그 이유는요.

주혁 미국에서 고물 전투기를 들여오는 과정에서 뇌물 수수 혐의 보도하지 말 것. 일본에서 지하철을 시가의 2배에 샀는데도 보도하지 말 것, 완전히 국가의 이익과 안보를 해치고 있지 않나요?

승욱 그들이 누굽니까.

주혁 또 대학 시절 은사님의 말이 떠오르네요.

#7 신문사

남자, 편집국장으로 등장.

남자 정말 몰라서 묻나.

주혁 네, 정말 몰라서 묻습니다.

남자 여대생이 성희롱당한 정도의 사건을 1면에 실을 만큼 세상에 뉴스가 없어?

주혁 성희롱이 아니라 성고문입니다. 학생운동을 했다는 이유만으로 형사가 성고문을 했다고요. 범죄자도 아니고 공권력이 성폭력을 저질렀단 말입니다. 어떻게 했는지 읽어 드릴까요? '눈만 감으면 나타나던 두꺼운 입술과 지퍼를 푼 채 드러낸 성기와 귀에 쟁쟁한 욕설.'

남자 그만.

주혁 '딸의 장래를 걱정하는 부모님의 애타는 호소, 너 때문에 부모님 중 어느 한 분이라도 어떻게 되시는 날엔 널 죽여 버리겠다는 언니의 편지'

남자 그만.

주혁 '혁명을 위해 성적 수치심마저 팔아먹는 운동권의 악의에 가득 찬 조작'

남자 그만해! 그걸 내 앞에서 왜 읽어? 몰라서 읽어? 내가 모를 것 같아서 읽어 주는 거야? 내가 이 기사를 싣지 말라고 하는 이유가 몇 가지나 있을 것 같아? 신문이 발행되기 직전까지 얼마나 많은 일이 일어나는지 알고 있어? 그 많은 일 중에 하나만 어긋나도 하루아침에 신문사가 문을 닫을 수 있다는 사실은 알고 있어? 우리는 균형을 맞추고 있어. 신문을 발행하기 위해서 자네 같은 젊은 기자들을 보호하기 위해서 필사적으로 균형을 맞추고 있단 말이야. 그 기사 쓰지 마. 어차피 신문은 매일 나오고 세상에 기삿거리는 많아.

주혁 '우리는 보았다.'

주혁의 말을 들으며,

편집국장은 과거의 상처를 떠올린다.

주혁 '사람이 개 끌리듯 끌려가 죽어 가는 것을 두 눈으로 똑똑히 보았다. 그러나 신문에는 단 한 줄도 싣지 못했다. 이에 우리는 부끄러워 펜을 놓는다.'

남자 …….

주혁 국장님이 제 나이 때 쓰셨던 양심 선언문 맞죠?

여자 좋아. 쓰고 싶다면 써.

주혁 대학 도서관에서 그 선언문을 읽었습니다.

여자 하지만 조건이 있어.

주혁 그걸 읽고, 이곳에 꼭 오고 싶었습니다.

여자 검찰이 발표한 조사 결과 위주로만 쓸 것.

주혁 이곳에 오면, 제가 좀 달라질 것 같아서요.

남자 정치면이 아니라 사회면에 실을 것. 1면에 싣지 말 것. 사이즈는 2단 이상 키우지 말 것. 성고문 사건이라고 하지 말고 성 모욕 사건이라고 완화된 표현을 쓸 것. 검찰 발표 외에 독자적인 취재를 절대 하지 말 것. 다른 단체의 성명서도 절대 싣지 말 것.

주혁 …….

남자 이게 내가 맞출 수 있는 균형의 최선이야.

주혁 그 파일은 뭡니까. 그게 국장님이 말하는 균형입니까?

여자, 볼펜 든 남자의 손을 꽉 쥔다.

여자 균형, 균형, 균형. 전직 대통령의 비자금 게이트가 실리면 인기 가수의 마약 게이트가 실리는 게 균형이야.

주혁 모든 신문의 1면이 똑같습니다!

여자 재벌 2세의 마약 스캔들이 터지면 인기 배우의 섹스 스캔들이 터지는 게 균형이야.

주혁 대통령이 활짝 웃는 사진까지 똑같아요! 이게 국장님이 말하는 균형입니까?

여자 모든 국민은 모든 뉴스에 대해 알 권리가 있잖아? 어떤 기사에 더 열광할지는 국민이 자유롭게 판단할 수 있잖아?

주혁 선배 기자들이 정치권과 광고주들 눈치 보는 거, 이게 국장님이 말하는 균형입니까?

여자 그런데 왜 자꾸 일방적으로 정치 기사만 쓰는 거야. 이 편파적인 새끼야.

주혁, 바닥에 떨어진 신문들을 주워 모은다.

여자 너 같은 새끼가 자유 언론의 적폐야. 이 글로벌 시대에 지구에서 얼마나 많은 사건이 일어나는데 왜 자꾸 대한민국 얘기만 해, 이 우물 안 개구리 새끼야. 광주학살보다 킬링필드가 더 인류애를 자극하잖아. 제주학살보다 문화대혁명이 더 스케일이 크잖아. 전태일 평전보다 체 게바라 티셔츠가 더 잘 팔리잖아. 왜 이렇게 트렌

드를 못 맞추는 거야, 이 뉴욕타임즈만도 못한 새끼야.

주혁, 모은 신문들을 던진다.

돈결 증인은 피고인 김주혁에 대해서 잘 알고 있습니까.

남자 네, 입사하던 순간부터 계속 봐 왔습니다.

돈결 피고인의 입사 시절은 어땠습니까.

남자 상당히 뜨거운 기운을 가진 친구였습니다.

돈결 '뜨겁다'는 표현에 대해 책임을 질 수 있습니까?

주혁 대답해 주세요!

남자 정정합니다. 상당히 위험한 기운을 가진 친구였습니다.

승욱 김주혁 씨가 그러더군요. 신문사에 검은 옷을 입은 분들이 드나드신다고. 사실입니까?

남자 …어떤 검은 옷을 말씀하시는 건지.

승욱 상당히 검은 옷들 말입니다. 신문사 직원은 아니지만, 더 직원 같고. 기자도 아니지만, 더 기자 같고. 편집국장이 아니어도 더 편집국장 같은 분들 말입니다.

모든 인물의 말이 겹친다.

편집국장은 이 중에 어느 말에 귀를 기울여야 할지 혼란스럽다.

돈결 정말로 그런 사람을 본 적이 있습니까?

여자 이 개새끼야. 이 씨발새끼야. 우리가 고속도로 만들고 다리 만들고 아파트 만들면서 피땀 흘릴 때, 너 같은 새끼들은 하얀 손가락으로 볼펜이나 끄적이면서 사람 때리지 말라, 사람 고문하지 말라, 사람에게 제대로 된 임금을 지급하라. 사람이 사람답게 살게 해 달라. 사람! 사람! 사람! 사람 좋아하면 사람 많은 중국으로 가 이 새꺄! 만주 허허벌판 가서 살라고 이 새꺄!

돈결 피고인 김주혁의 기자 생활은 어땠나요?

남자 항상 주위의 모든 것에 귀를 기울이고, 아니 주위의 모든 것을 의심하고, 선배 기자들이 정치권과 광고주들의 눈치를 보는 모습에 화를, 아니 눈치를 보고 있다는 망상을 가졌으며, 언제나 뜨거운, 위험한 언행들을 해 왔습니다.

돈결 피고인 김주혁의 대학 시절은 어땠습니까. 학생운동 체포 경력이 있다는 것을 알고 있었습니까.

승욱 증인, 대답하세요.

주혁 국장님, 대답해 보세요.

여자 뉴욕 맨해튼 가 봤어? 엠파이어 스테이트 빌딩 봤어? 우리도 빌딩 세워야잖아! 출발이 늦었으니까 채찍질하면서 달려야 하잖아! 근데 왜 달리는 건 보도 안 하고 채찍만 보도하냐고 이 개 씨발새꺄! '우리는 보았다. 사람이 개 끌리듯 끌려가 죽어 가는 것을 두 눈으로 똑똑히 보았다. 그러나 신문에는 단 한 줄도 싣지 못했다. 이에 우리는 부끄러워 펜을 놓는다.' 놓긴 뭘 놔 이 씹쌔꺄. 쥐어, 더 세게 쥐어. 그 좆같은 볼펜자루 쥐면서 시키는 대로 받아쓰기나 하면서 살라고 이 씹새끼야! 씹쌔끼야! 씹쌔끼야!

남자 (주혁과 여자 모두에게)누구에게 절규하는 것일까. 이건 균형이 아니야! 이건 균형이 아니라고! 이건 균형이 아니야! 이 개새끼들아! 개새끼들아! 개새끼들아!

모두, 말을 멈춘다.

법정으로 돌아온다.

남자 그런 사람들은 한 번도 본 적이 없습니다!

주혁 국장님!

남자 김주혁 기자는 평소에도 다혈질에 피해망상이 심했습니다!

주혁 국장님!

남자 …김주혁 …김주혁 …김주혁

주혁 …

돈결 …이상입니다.

편집국장, 퇴장.

주혁, 퇴장하는 편집국장의 눈을 볼 수가 없다.

식은땀이 난다.

여자, 새로운 증인으로 등장.

승욱 증인이 신문사에서 맡은 업무를 말해 주시겠습니까.

여자 대부분의 일을 맡아서 합니다. 회계를 보기도 하고, 전화를 받기도 하고, 서류를 작성하거나 복사하기도 하고.

승욱 아침마다 오는 팩스를 받아서 편집국장에게 전해 주기도 하죠?

여자 …….

승욱 그 팩스에는 어떤 내용이 적혀 있던가요?

여자 워낙 종류가 많아서.

승욱 그 팩스를 받은 편집국장의 표정은 어땠나요.

여자 팩스만 건네주고 바로 나오는 경우가 많아서.

승욱 증인, 김주혁의 얼굴을 보시죠.

여자 …….

승욱 얼굴이 많이 상했죠?

여자 …….

승욱 그 팩스 때문입니다.

돈결 이의 있습니다. 변호인은 증인에게 동정심을 유발하고 있습니다.

승욱 동정심 유발이 아닙니다. 정말 동정심을 느껴야 합니다. 팩스 때문에 어딘가로 끌려가서 폭행 및 고문을 당했으니까요.

돈결 이의 있습니다. 변호인은 확인되지 않은 사실을 진실처럼 말하고 있습니다.

승욱 진실처럼 말하는 것이 아니고 진실입니다. 실제로 당한 사람들이 있지 않습니까. (돈결에게) 그렇지 않나요!

돈결 …….

승욱 그렇지 않나요… 최돈결… 검사님?

돈결 …….

승욱, 다시 여자를 바라본다.

승욱 증인, 지금부터 증인이 하는 말이 이 두 사람의 인생을 결정합니다. 없는 진실을 꾸며내라는 것이 아닙니다. 있는 진실만 말해 주면 됩니다. 아침마다 팩스가 왔었나요? 그 팩스가 매번 편집국장에게 전달되었나요? 그 팩스를 받아 든 편집국장의 표정은 어땠나요?

여자, 계속 말이 없다.

승욱 증인, 괜찮아요. 있는 그대로만 말해 주면 됩니다. 증인은 절대 불이익을 받지 않을 겁니다. 우리가 지켜 줄 겁니다.

여자 …….

승욱 증인!

주혁 유 대리!

주혁의 말을 신호로, 유 대리는 과거로 돌아간다.
유 대리, 신문이 발행되기 직전의 난장판을 정리 중이다.
주혁, 무언가를 찾으러 왔다가(아마도 보도지침 파일)
유 대리를 보고 당황한다.

주혁 뭐야? 왜 이렇게 일찍 나왔어?

여자 맨날 이렇게 나오는데.

주혁 아…. 이걸 혼자 하고 있는 거야?

여자 맨날 혼자 하는데.

주혁 아, 그렇구나…. 내가 출근할 때는 깨끗해서 몰랐는데…. 난장판이었구나.

주혁, 혼자 일하는 유 대리를 바라보다가
함께 일하기 시작한다.

여자 볼 일 있어서 일찍 온 거 아닌가.

주혁 아…. 그게…. 혹시 유 대리…. 아니야…. 그나저나 대단하네…. 맨날 밖으로 취재만 다니고…. 끝나면 곧바로 사무실로 올라가서 잘 몰랐어. 신문사 곳곳에서 누가 무슨 일을 하고 있는지. 다들 이렇게 열심히 하는데, 그런데,

주혁, 무슨 말을 뱉으려다, 계속 뱉지 못한다.

여자 (웃으며) 뭐야, 내려다보는 느낌이야. 이게 내 일이에요. 내가 할 일.

주혁 …….

여자 신문이 발행되기 직전까지 얼마나 많은 일이 일어나는지 아나.

주혁 …….

여자 그 많은 일 중에 하나만 어긋나도 신문은 못 나오는데.

주혁 …….

여자 서로 열심히 하면 될 것 같은데. 누구는 편집하고, 누구는 인쇄하고, 누구는 정리하고, 누구는 기사 쓰고.

주혁, 그 단순한 말에, 자신의 할 일이 천천히 깨달아진다.

주혁 맞네…. 맞아…. (주혁, 결심한 듯) 유 대리, 국장님이 들고 다니는 그 파일, 그 파일 뭔지 알아? 나 그거 볼 수 있을까.

여자 …….

주혁 그게 내 일이야.

여자 …….

주혁 괜찮아. 유 대리는 그냥 있는 그대로만 보여 주면 돼. 유 대리는 괜찮아.

여자, 떨리는 손으로

주혁에게 팩스를 건넨다.

주혁, 한참 동안 읽다가

주혁 이 팩스, 매일매일 오는 건가? 이 시간에?

여자 …….

주혁 이 팩스, 모아 놓은 파일이 있지?

여자 ……….

주혁 그 파일을 좀 복사할 수 있을까.

여자 ……….

주혁 괜찮아. 있는 그대로만 보여 주면 돼. 유 대리는 절대 불이익을 받지 않아.

여자, 주혁에게 파일을 건네준다.

주혁 고마워. 절대로 유 대리에게 피해가 가게 하지 않을게.

다시 현실로 돌아온다.

승욱 증인, 말씀해 주시겠습니까.

여자 얼굴이 많이 상했네요. 내 얼굴은 어떤 것 같아요?

주혁 ……….

승욱 증인, 두려울 필요가 없습니다.

여자 내가 어디에 다녀왔을 것 같아요?

승욱 증인, 법정에서 한 증언은 증인의 신변에 어떠한 영향도 주지 않습니다.
걱정하지 마세요. 증인은 법률에 의해 철저히 보호받습니다.
우리가 반드시 증인을 보호할 겁니다.

여자, 웃는다.

여자 저는 한 번도 팩스를 받은 적이 없습니다. 팩스에 관한 이야기를 들어 본 적도 없습니다.

승욱 증인, 위증하시면 법률에 의해 처벌받습니다! 마지막으로 묻습니다. 방금 하신 말씀은 사실입니까?

여자 네! 사실입니다! 정말로 사실입니다!

승욱 …이상입니다.

유 대리, 퇴장.

승욱, 퇴장하는 유 대리의 눈을 볼 수가 없다.

식은땀이 난다.

승욱 …재판이고 나발이고 술이나 마시자!

#8 잡지사

정배, 승욱, 주혁, 재판장을 잡지사로 바꾸며 술판을 차린다.

정배 미안하다. 우리 잡지사가 상당히 가난해요. 술집에는 못 데려가겠고, 소주랑 오징어는 대접할 수 있다.

주혁 이 정도면 훌륭하지. 우리 연극반 때는 소주에 새우깡이었잖아.

승욱 뭐야? 너 새우깡도 먹었었어? 이런 부르주아. 난 무조건 라면 부숴 먹었는데.

주혁 라면이 새우깡보다 더 부르주아지. 밥을 안주로 먹냐.

정배 이런 부르주아들, 대학생이 술 마실 때 감히 안주를 먹어? 안주는 안 주는 거야! 안주에 안주하지 마! 미안하다. 본론으로 넘어가자.

주혁, 박스에서 보도지침 파일을 꺼낸다.

정배와 승욱, 파일을 읽는다.

한참 동안 시간이 흐른다.

정배 와…. 정말…. 엄청나게 썩었구나….

주혁 승욱아, 이거 정배네 잡지사에서 내면 좀 괜찮을까? 법적으로.

정배 승욱아, 얘 왜 자기 신문사에서 안 내고 우리한테 낸다는 거냐?

주혁 알잖아, 우리 같은 신문사는 못 낸다는 거. 너네 같은 잡지에서나 간신히….

정배 너네 같은 신문사는 뭐고, 우리 같은 잡지사는 뭐냐?

주혁 …몰라서 묻냐?

정배 잘 알지. 기사 안 쓰는 조건으로 철마다 해외연수를 보내 주는 대기업 스폰서가 있는 너희 신문사. 이런 쓰레기 같은 지침이나 따르면서 만들어진 신문이 몇십만 부씩 팔린다고? 엄청난 종이 낭비네. 너희 독자들이 불쌍하다.

주혁 고작 팔천 부 정도의 영향력인 주제에 할 말 다 하고 산다는 환상에만 빠져 사는 게 너희 잡지사고.

정배 부탁을 하러 오신 겁니까, 지침을 내리러 오신 겁니까?

주혁과 정배, 잔을 내려놓고 싸늘하게 바라본다.

세 사람, 계속 말이 없다.

승욱, 그러다 불쑥.

승욱 무의식이 올라온다…. 독백의 시간이야.

주혁·정배 …….

승욱 얼마 전에 부산에 다녀왔어. 어떤 변호사 얘기를 들었거든. 학생들이 사회과학 책을 읽었다는 이유로 영장 없이 끌려가서 불법 감금당한 채로 고문을 당했대. 손톱이 썩어서 빠진 손으로 볼펜을 쥐고 간첩이라는 진술서를 썼다는 거야. 그 사건은 그렇게 마무리될 것 같았지. 아무도 변호를 맡으려고 하지 않았거든. 딱 한 명만 빼고. 그 사람은 원래 세금 전문 변호사였대. 그 사람이 법정 전체를 상대로 싸우는 모습을 봤어. 법정 안에서 학생들의 편은 그 사람 한 명뿐이었어. 참 멋지더라. 그러면서 이런 생각이 들었어. 저 사람, 앞으로 인생이 참 힘들겠구나.

주혁·정배 …….

승욱 나도 물어보고 싶더라고, 왜 그러셨어요? 괜찮으셨어요? 이곳저곳에서요. (모두, 한참 동안 말이 없다.) 그니까 재판이고 나발이고 술이나 마시자!

정배, 잠시 생각하다가, 한 잔 마시고.

정배 잡지 24부로 유치장 240일 기록을 세웠는데, 아마도 이거 한 권에 기록을 넘어설 것 같다.

돈결, 정배의 말을 들으며, 친구들에게 온다.

현실의 돈결 같기도 하고, 상상의 돈결 같기도 하다.

친구들, 돈결에게 술을 권한다.

돈결, 한 잔 마시고.

돈결 대체 왜 그래…. 왜 그렇게 뜨거워 보이는 척 안달을 하고 있어…. 예전에 죄다 해 본 것들이잖아…. 마지막으로 물을게. 정말 할 거야?

돈결, 그 말이 끝나자마자, 책상 위의 박스를 엎는다.

그 옛날 금지된 책들이 쏟아진다.

그 순간 그들은, 과거의 동아리방으로 돌아간다.

돈결 하자! 이걸로 공연하자!

#9 동아리방

돈결 이번 정기공연 레퍼토리는 여기서 찾아보자.

주혁 그게 뭔데?

돈결 여러 가지 이유로 검열된 문학 작품들이야.

주혁 금지당한 책을 어디서 구했어?

돈결 학교 앞 헌책방에서. 여기서 정기공연 작품을 찾아보자. 빛나는 작품들이 있을 거야. 우리 넷이면 대학로도 들었다 놓을 수 있어.

주혁 우리 이래도 되냐? 나라에서 금지하는 책을?

돈결 나라가 틀렸어. 우리 헌법에는 표현의 자유도 있고 사상의 자유도 있어. 하면 안 되는 연극도 없고 보면 안 되는 책도 없어. 미국 대통령 토머스 제퍼슨이 이런 말을 했대. 신문 없는 정부와 정부 없는 신문을 택하라고 한다면 정부 없는 신문을 택하겠다고.

정배 이 새끼! 이 멋있는 새끼! 너같이 훌륭한 새끼가 판검사 새끼가 돼야 해!

주혁들, 신나는 마음으로 책들을 낭독하다가

돈결 이거다! 베르톨트 브레춰트의 갈릴레이의 생애!

다 같이 브레춰트?

돈결 "진리를 알고 있는 사람을 권력자들이 자유롭게 말하도록 내버려 둘 줄 아는가? 나는 망원경 앞에서 새로운 별들을 보고 있는 자네의 모습이 화형의 장작더미 위에 서 있는 모습으로 보이네. 제발 진리를 말하지 말게, 갈릴레이."

정배 끝내준다! 진짜 독백이네!

주혁 근데 이게 왜 금서야?

돈결 하늘이 도는 게 아니라 지구가 돈다고 말했잖아. 그 말 듣고 하늘이 돌아 버린 거지. 절대 권력인 기독교가.

주혁 그게 지금까지 금서가 될 이유야?

승욱 권력에 대드는 내용을 권력이 좋아하겠냐.

정배 오적! 김지하! 서울이라 장안 한복판에 다섯 도둑이 모여 살았겄다./ 으리으리 꽃 궁궐에 밤낮으로 풍악이 질펀 떡 치는 소리 쿵떡/예가 바로 재벌, 국회의원, 고급공무원, 장성, 장차관이라 이름하는, 간땡이 부어 남산만 하고 목 질기기 동탁 배꼽 같은 천하 흉포 오적의 소굴이렷다.

돈결 그래, 예술가가 저 정도 배짱은 있어야지. 참 용감하신 분이네.

주혁 그거 쓰고 멀쩡하셨을까?

정배 이 시를 쓰면 잡혀갈 걸 알면서도 썼을 거야. 말이라도 안 하면 죽을 것 같으니까.

돈결 훌륭한 분이시네. 나중에 변하지 않으셨으면 좋겠다.

승욱 김일성 만세!

다 같이 깜짝이야!

승욱 한국 언론자유의 출발은/ 이것을 인정하는 데 있는데 / 이것만 인정하면 되는데 / 이것을 인정하지 않는 것이 한국 / 언론의 자유라고 조지훈(趙芝薰)이란 시인이 우겨대니 나는 잠이 올 수밖에 / 김일성 만세! / 김수영!

주혁 야, 미쳤어?

승욱 왜.

주혁 아무리 표현의 자유라지만, 적국의 원수한테 만세라고 하는 건 좀 심하잖아.

승욱 왜 나한테 그래? 수영이 형한테 물어봐.

주혁 얘들아, 우리 너무 들이대는 거 아니야? 인정할 건 인정하자. 세상은 어지럽지만 가장 자유로운 건 대학생이지. 학교가 거대한 빽이니까. 하지만 학교에도 규칙은 있어. 선을 넘지 말라는 것. 규칙 안에서 놀자.

돈결 이건 그냥 연극이야. 연극 한 편이 무슨 힘이 있다고.

주혁 그래도 나라에서 하지 말라는 건데.

돈결 그럼 나라가 틀린 거지! 우리나라 헌법에는 하면 안 되는 연극도 없고 보면 안 되는 책도 없어.

주혁 그러다 잘못되면, 네가 책임질 거야?

돈결 그래! 내가 책임질게.

주혁 어떻게 책임질 건데?.

돈결 뭘 어떻게 책임져? 내가 했다고 하면 되지!

주혁들 계속해서 다투는데

남자, 등장한다.

남자 뭐야, 분위기 왜 이래.

승욱 정기공연 작품을 정하고 있었습니다.

남자 뭐? 우리 햄릿 하기로 했잖아?

정배 햄릿은 작년에도 하고 재작년에도 했잖아요. 이번에는 새로운 것 좀 해 보려고요. 예술은 늘 새로워야죠.

남자 엎드려뻗쳐! 예술이 늘 새로워야 된다고? 웃기고 있네! 그냥 하던 거 해! 고전! 클래식! 세계 명작!

원달 (등장하며) 아니야, 예술은 늘 새로워야지.

남자 저도 그렇게 생각합니다. 일어서.

원달 그래, 그래서 무슨 작품을 하기로 했나?

정배 브레취트의 갈릴레이의 생애를 해보려고 합니다.

원달 …뭐라고?

승욱·정배 (책의 머릿말을 함께 읽는다) 진실을 위해 목숨을 두려워하지 않는 과학자 갈릴레이 갈릴레오의 생애를 다룬 베르톨트 브레취트의 갈릴레이의 생애를 이번 정기공연으로 올리고자 합니다!

원달 …일단 브레취트가 아니라 브레히트. 베르톨트 브레히트. 그리고 브레히트가 어떤 작가인지 자네들 아나? 자네들 대체 왜 그래? 왜 그렇게 애써서 뜨거워 보이는 척 안달을 하고 있어? 자네들이 하려고 하는 것들, 내가 예전에 죄다 해 본 것들이야. 내 눈에는 다 보여. 자네들의 아무 생각 없는 선택이 미래를 어떻게 바꿔 버릴지 말이야. 그 작품 하지 마.

주혁 예전에 다 해 보신 것들이라. 이상하네요. 교수님 말을 들으니 갑자기 더 하고 싶어졌습니다!

원달 연극반 선배로서 다시 한번 묻겠네. 브레히트의 갈릴레이의 생애, 정말 공연할 건가?

돈결 정말로 연극반 선배로서 물으시는 겁니까. 아니면 학과장님으로서 물으시는 겁니까.

남자 야 이 새꺄! 선배님한테 건방지게!

정배 논쟁이잖아요. 논쟁에 선후배가 어디 있나요. 선배님도 법대 다니시면서.

남자 법정에서도 전관예우라는 게 있어 새꺄!

원달 어허! 쓸데없는 소리! 그런 건 없어!

남자 아, 없군요. 있다고들 해서.

원달 그래, 솔직히 말하겠네. 난 연극반 선배로서 자네들이 그 수많은 고전 명작을 놔두고 그런 작품을 한다는 것이….

승욱 그런 작품이란 어떤 작품입니까.

원달 그런…. 동독 사회주의권 작가의 작품을 한다는 것이….

돈결 이 작품은 사회주의와 아무런 관련이 없습니다. 갈릴레이라는 과학자가 진실을 위해 싸우는 이야기입니다.

원달 그래, 작품은 관련 없지. 하지만 작가가 관련이 있잖나.

정배 아하, 그렇구나. 브레히트가 동독에 살아서 금지된 거구나, 백석도 북한에 살아서 금지된 거구나, 금지되는 게 진짜 간단한 거구나!

여자, 등장.

여자 김정배! 말을 왜 돌려서 해? '솔직히, 사회주의 작품을 공연하면 왜 안 됩니까? 우리나라는 헌법에 의해 표현의 자유가 보장된 나라입니다. 표현의 자유는 민주국가의 국민이 갖는 가장 중요한 기본권입니다.'라고 말해!

승욱 김일성 만세!

다 같이 야! 그건 아니지!

여자 왜 아니야? 우리나라는 자유민주주의 국가야! 표현의 자유! 사상의 자유! 종교의 자유! 언론의 자유! 불교를 믿건 기독교를 믿건 우리 자유야. 셰익스피어를 하건 브레히트를 하건 우리 자유라고. (원달에게) 교수님, 아니 선배님, 이게 뭡니까, 교내 학생 행동 검열을 위한 교수 지침 사항, 여기 선배님 이름이 왜 있습니까? 작성에 참여하신 겁니까? 항상 약자의 편에서 권력자들에게 소리 지르던 선배님의 모습은 어딨습니까? 선배님처럼 보이지 않는 것들을 열심히 보려고 대학 4년을 보냈습니다. 그런데 이제는 보이는 것들을 보지 말라고 강요를 하시나요?

원달 그렇게 잘났나?

여자 제가 틀린 말 했습니까?

원달 몰라서 묻나? 나한테 몰라서 묻는 거냐고? 우리는 다 알아. 나도 알고 자네들도 알아. 누가 지금 모르는 거 알려 달라고 찾아온 것 같나? 아는 걸 모두 안다고 할 수 있는 나라는 세상에 많지 않아. 때때로 아는 걸 모른다고 해야만 할 때가 있어. 모르는 걸 안다고 해야 할 때가 있는 거라고. 그리들 잘났으니 진실을 말해 주지. 학교에 상주하는 경찰의 숫자가 백 명이 넘어. 그 백 명이 항상 학생들과 교수들을 주시하고 있어. 그 백 명은 이제 자네들을 주시할 거야. 자네들의 교수이자 선배인 나까지도 주시하겠지. 우리 모두 항상 주시당하고 있어. 이 와중에 그걸 올리겠다고? 백 명의 눈이 바라보는 앞에서 그 잘난 브레히트를 올리겠다고? 잘난 갈릴레이가 법정을 나오면서 '그래도 지구는 돈다고' 중얼거리는 광경을 보여 주겠다고? 정신들 차리게! 갈릴레이도 법정을 나오면서 진실을 고백했어! 법정과 마주한 상태에서는 아무 말도 못 했다고! 올리지 마. 공연 절대로 올리지 마. 선배로서, 교수로서, 학과장으로 부탁일세.

잠시 침묵.

승욱 부탁을 하시는 겁니까. 아니면 지침을 내리시는 겁니까.

원달 …….

승욱 만약 부탁하시는 거라면 부탁을 듣고 안 듣고는 저희의 자유입니다, 선배님. 만약 지침을 내리시는 거라면 저희는 그 부당한 지침을 폭로하겠습니다, 교수님.

원달, 한동안 말이 없다가, 쓸쓸한 표정으로 퇴장.

여자, 속상한 마음으로 퇴장.

남자, 주혁들을 노려보며.

남자 그래 어디 한번 해 봐.

남자, 퇴장.

정배 (승욱에게) 이 새끼, 이 멋진 새끼, 너 같은 새끼가 변호사가 돼서 우리를 변호해 줘야 해.

돈결 그럼 지금부터! 한국대 연극반 가을 정기공연! 갈릴레이의 생애! 그 화려한 막을 올리겠습니다!

다 같이 연극은 시대의 정신적 희망이다!

#10 모든 고문

주혁들, 연극을 시작한다.

목소리 없이 무언의 연극으로.

그 자리에서 곧바로

최루탄 연기가 흘러나온다.

주혁들, 연기에 갇힌 채 방황하다가

각자 따로따로 어딘가로 끌려간다.

남자 그래, 어디 한번 해 봐. 내 앞에서.

주혁들 …….

남자 왜 못 해? 무대 위에서는 잘했잖아? 진실을 향한 절절한 독백을 눈물 나게 쏟아냈잖아. 여기서도 똑같이 해 보라고.

주혁들 …….

남자 설마 그런 생각들을 한 거야? 에이 연극인데 어때, 에이 학생인데 어때. 봐주겠지, 뭐. (버럭) 이 씨발 비겁하고 나태한 새끼들!

주혁들, 움찔한다.

남자, 다시 부드럽게.

남자 미안하다. 이제부터 고문을 할 거야. 고문이라는 단어는 숨기고 있는 사실을 강제로 알아내기 위하여 육체적, 정신적 고통을 주며 신문한다는 뜻이지. 개인마다 취약한 고통이 따로 있어. (주혁) 너는 눈빛에 반항기가 가득한 것으로 보아 권위에 굴복하지 않는 아웃사이더 형 인간임을 알 수 있지. 너 같은 학생은 그저 때리는 수밖에 없어. (정배) 너는 얼굴에 웃음기가 가득한 것으로 보아 상당히 낙천적이고 유머러스한 성격임을 알 수 있지. 한 번도 공포를 느껴 본 적이 없는 얼굴. 너 같은 얼굴은 최대한 천천히 공포심을 느끼게 하는 것이 중요해. 전기고문이 딱이지. (승욱) 너는 대대로 가난한 집안 출신이지? 가난한 집의 조상 중에는 꼭 나라에 대들었던 인물들이 나오지. 조상하고 후손들만 잘 엮어 주면 돼. '야 이 개새끼. 진실이 뭐야? 그 연극 왜 올렸어? 그 대본 어디서 났어? 너희 큰아버지가 한국전쟁 때 월북했지? 종종 남쪽에 내려오지? 종종 너도 만나서 책도 주고 그러지? 갈릴레이 대본도 그때 준 거지? 진실을 얘기해 새끼! 진실을 모르면 진실을 만들어내 개새끼!'

남자, 돈결을 본다.

남자 난 널 알아. 너희 집은 대대로 부자야. 등 따시고 배부른 네가 싫어. 걸인도 되고 싶고 도적도 되고 싶고 혁명가도 되고 싶어. 그래서 잠시 길을 벗어났어. 걱정하지 마. 넌 한 번의 기회가 더 있다. 우리가 너희 아버지를 알거든. 넌 잠시 특강만 들으면 돼. 인생의 특강. (웅변식으로, 메가폰) 우리가 뭘 하는 것 같으냐. 정의를 바로 잡고 있다. 정의! 사회를 구성하고 유지하는 공정한 도리라는 뜻이다! 우리가 사회를 어떻게 구성하고 유지하는지 아니? 밀가루 원조받아 수제비 끓여 먹어 가면서, 남의 나라 전쟁에 파병 가서 목숨값 벌어가면서, 우릴 지배했던 나라에 자존심 숙이고 돈 빌려 가면서 구성하고 유지해 나가는 거다. 우리가 우리 힘으로 일어설 때까지 계속 고개 숙이고 웃고 빌면서 한 발 한 발 나가는 거다. 우리도 다 안다. 그 과정에서 조금 문제가 있다는 거. 근데 어떡하냐. 우리 자식들은 가난하면 안 되잖아. 우리처럼 고개 숙이고 웃고 빌면서 살면 안 되잖아. 우리가 해야지. 우리가 고개 숙이고 웃고 빌어야지. 우리가 고개 쳐들고 화내고 구호를 외치면 밀가루고 뭐고 다 끊기는 거야. 쫄쫄 굶는 거야. 어리석은 국민들은 그걸 몰라. 소수의 엘리트만 그걸 알지. 엘리트는 의무가 있다. 어리석은 국민들을 올바른 길로 이끌어줄 의무. 난 지금 내 의무를 열심히 수행하고 있다. 아홉 명의 배고픈 국민에게 밥을 먹이기 위해 한 명의 반항하는 국민에게 전기를 먹일 수밖에 없다고. 난 괴로워도 참는다. 엘리트니까. 넌 뭐냐. 너도 계속 어리석게 살 거냐? 아버지 이름에 먹칠하면서 살 거냐? 아니면 엘리트가 될 거냐?

돈결 ……

원달, 남자의 앞에 나타난다.

원달 저를…. 기억하십니까.

남자 기억을 못 할 리가. 가장 오래 버티신 분이었죠. 오랜만에 뵙네요.

원달 그렇군요.

남자 건강해 보이시네요. 불편한 다리는 어찌 좀?

원달 괜찮습니다.

남자 다행이네요. 계속 다행이시면 좋겠습니다.

원달, 고개를 숙인다.

남자 뭡니까? 갑자기 고개를?

원달 저 안에 있는 학생들, 제자이자 후배들입니다.

남자 그래서요?

원달, 고개를 숙인다.

원달 한 번만, 선처를 부탁드립니다.

남자 ….

원달, 고개를 더 숙인다.

원달 한 번만, 선처를 부탁드립니다.

남자 ….

원달, 무릎을 꿇는다.

원달 한 번만, 선처를 부탁드립니다.

남자, 주혁들에게.

남자 잘들 봐 둬라. 이 나라의 최고 엘리트 선생이 네놈들을 위해 무릎을 꿇었다. 네놈들은 뭐냐. 네놈들은 엘리트가 무릎을 꿇을 만큼 대단한 놈들이냐? 네놈들은 여기 무릎을 꿇은 선생님보다 큰 사람이 될 수 있을 것 같으냐? 나는 아무나 무릎을 꿇는다고 봐주지 않는다. 최소한 이 선생만큼은 돼야 무릎을 꿇어도 봐준다. 네까짓 놈들은 무릎을 꿇고 손이 발이 되도록 빌고 알몸으로 생지랄을 해도 절대 봐주지 않는다. 내 말이 거짓인지 아닌지는 다음에 나를 만나게 되면 알게 될 거다. 그러니 나를 만나지 마라. 평생. 국가를 위해 열심히 살면 나를 만날 일이 없다. 오늘 저 선생이 무릎을 꿇는 광경을 네놈들의 그 썩어 빠진 대가리 속에 똑똑히 새겨 둬라.

남자, 퇴장한다.

주혁들, 무릎 꿇은 원달을 바라본다.

원달 …기분 좋군. 무릎을 꿇으면…. 한 번쯤은…. 봐 줄 만한 사람으로 살아온 것 같아서.

다들, 말이 없다.

원달 이제…. 다들 어디로 갈 건가.

주혁, 승욱, 정배.

천천히 일어나, 각자의 길을 간다.

#11 최후의 시간

*원달의 독백과, 돈결의 외침이 동시에 진행된다.

원달 그날, 자네는 말없이 걸어갔지. 졸업할 때까지 자네는 계속 말이 없었어. 가끔 도서관의 계단에서, 시위가 열리는 광장에서 말없이 생각에 잠긴 자네를 보았지.

돈결 언론의 정의는 무엇입니까?

원달 왜 말이 없는 건지, 무슨 생각을 하는지 묻고 싶었어. 하지만 물을 수가 없었어. 만약 자네가, 내가 대답할 수 없는 어떤 거대한 것을 물어볼까 봐 두려웠기 때문이야.

돈결 그 어떤 사실과 어떤 문제를 선별하는 기준은 무엇입니까?

원달 이전에도 그런 학생들이 많이 있었어. 어떤 거대한 것을 겪은 후, 그 거대한 것에 대해 말없이 생각을 거듭하다가 결국 말이 없어지는 학생들.

돈결 국민이 알아야 할 기준을 피고인 혼자 결정할 수 있단 말입니까? 그 또한 또 다른 형태의 지침이 아니고 뭡니까?

원달 대부분은 그렇게 침묵한 채로 삶을 받아들이고 조용히 숨 쉬며 살아가게 마련이지.

돈결 본 검사는 사법제도에 대한 균형 잡힌 판단을 할 수 있도록 훈련받은 법률인입니다. 왜 검사의 말을 믿지 않습니까?

원달 난 자네도 그렇게 되길 바랐어.

돈결 본 검사가 피고인들의 언론관에 동의한다면, 피고인들도 본 검사의 법률해석에 동의하시겠습니까?

원달 난 자네의 침묵에 침묵했어.

돈결 왜 침묵합니까?

원달 그때 내가 침묵하지 않았더라면.

돈결 말할 수 없는 것에는 침묵하라는 진리를 실천 중입니까?

원달 그때 내가 침묵하지 않았더라면, 오늘 이 시간에 우린 어떤 모습으로 만나고 있었을까.

여자 역사에 가정법을 적용하는 건 비겁한 짓이죠. 만약 그랬다면, 만약 그러지 않았다면, 이게 뭐가 중요합니까. 이미 일은 벌어졌고, 선택만이 남아 있죠.

남자 그렇죠. 선택만이 남아 있습니다. 선택을 좀 더 쉽게 해 드릴까요. (원달에게 종이를 건넨다) 이 재판의 판결에 대해 많은 분들이 관심을 갖고 계십니다. 그분들이 보낸 팩스입니다.

여자 (원달에게 종이 뭉치를 준다) 김주혁과 김정배의 무죄를 탄원하는 전국의 언론인, 변호사, 시민단체의 서명이 담긴 명단입니다.

원달 …팩스와 서명, 둘 다…. 많은 말들이 적혀 있군….

남자 저는 믿습니다. 재판장님이 현명한 판단을 하실 거라고.

여자 저도 믿습니다. 재판장님이 현명한 판단을 하실 거라고.

원달, 잠시 말이 없다가

손에 들고 있는 팩스와 서명 뭉치를

허공에 모두 뿌려 버린다.

원달 오늘만큼은, 이 자리에 없는 이들의 말을 듣지 않겠소. 당사자들의 말을, 목소리를, 독백을 듣겠소. 최후 변론의 시간이오, 최후. 무서운 말이지. 재판의 마지막 말, 한번 시작하면 돌이킬 수 없는 말. 한번 소리 내서 말하면 평생 기록에 남는 말. (잠시 그 옛날 선생님으로 돌아와서) 그래, 자네들은 이 재판의 마지막에, 무슨 말을 할 건가. 자네들의 말을 막지 않겠네. 조절하지도 않겠네. 자네들의 힘이 다할 때까지 마음껏 말을 하게. 이곳은 법정이자 광장이자 극장이니까.

각자의 최후진술이 펼쳐진다.

무대 위에 온전히 혼자만 있는 시간.

최후진술이 펼쳐지며, 법정은 어느새, 그 옛날 연극의 독백을 펼치던 잔디밭이 된다. 서로를 열심히 봐 준다. 서로의 말에 열심히 귀를 기울인다.

주혁 50만 부가 발행되는 신문이 거짓말을 하나 하면 100만 명 이상의 사람들이 거짓말에 속게 됩니다. 신문의 힘은 이렇게 큽니다. 힘이 큰 만큼 음모도 큽니다. 중앙청 건물을 국립박물관으로 개조하는 과정에서 불이 난 적이 있습니다. 현장으로 달려갔는데 공사 책임자인 문화공보부 장관이 소리치더군요. "이 기사는 2단짜리야! 2단짜리! 2단이야 2단!" 이처럼 보도지침은 권력자들이 자신들의 책임을 면하려 하거나 축소하려 하는 조작일 뿐 절대로 국가 기밀에 관한 지침이 아닙니다. 검사는 보도지침이 보도 협조 사항이라고 주장하고 있지만, 말을 안 들으면 끌고 가서 때리고 협박하고 고문하는 협조 사항이 세상에 어딨습니까. 1960년 4월 19일, 그날의 신문은 아름다웠습니다. 보이지 않는 것들을 보려고 노력했기 때문입니다. 1980년 5월 18일, 그날의 신문은 불태워졌습니다. 보이는 것들을 보이지 않는다고 말했기 때문입니다. 언론은 이렇게 성장합니다. 때로는 사랑받고, 때로는 불태워지며, 무수한 상처투성이의 얼굴로 오늘을, 끊임없는 오늘을 살아갑니다. 어제를 추억하는 신문은 버려지고, 내일을 꾸며내는 신문은 펼쳐지지 못합니다. 오늘을, 끊임없이 오늘을 얘기하면서, 시대의 표정을 읽어내려고 애쓰면서, 그 시대의 표정과 함께 분노하고 슬퍼하고 저항하면서, 마침내 언젠가 웃게 될 그날을 상상하면서. 계속해서 오늘의 역사를 감당하는 것. 오늘의 무게를 질문하는 것. 그것이 내가 생각하는 언론입니다.

나는 이 책에 실린 사실들이 비밀이라고 생각해 본 적이 한 번도 없습니다. 거의 모두가 외국 신문이나 통신에서 보도된 것들입니다. 전 세계가 알고 있는 우리나라의 사실을 왜 우리나라 국민들은 모르고 있어야 합니까? 이 비밀은 누구를 위한 비밀입니까? 나는 자신의 이익을 채우기 위해 신문 기사를 조작하는 모든 매국 행위자들을 고발하기 위해 보도지침을 폭로했습니다. 검사는 자꾸 나한테 국가의 안보니 국가의 근간 따위의 말을 하지 말기 바랍니다. 내가 바로 국가의 안보를 위해서 국가의 근간을 위해서 보도지침을 폭로했기 때문입니다. 마지막으로 개인적인 얘기를 좀 하겠습니다. 내가 갇혀 있을 때 첫딸의 돌이 지났습니다. 신문사의 동료들과 선배가 돌잔치를 해 주었다는군요. 고맙습니다. 그리고 미안합니다. 나로 인해 그들이 감당했을 상처와 공포에 진심으로 사과드립니다. 하지만 그럼에도 불구하고, 행동할 수밖에 없었음을 이해해 주길 바랍니다. 보도지침 파일은 누구나 볼 수 있는 자리에 언제나 꽂혀 있었습니다.

왜 우리는 지금까지 그것을 꺼내 보려고 하지 않았을까요.

정배 참 귀한 시간입니다. 독백의 시간이죠. 이 자리에 모인 여러분들의 얼굴을 잠시 바라봅니다. 다른 시간과 공간에서 각자의 삶을 살다가 이 자리에 모인 사람들. 기적 같은 시간이죠. 이 기적 같은 시간에 우리는 마음속으로 어떤 말들을 하고 있을까요. 그 말들을, 제가 만드는 잡지에 모두 담을 수 있을까요. 한 선배는 말했습니다. 독백이란 누구의 방해도 받지 않고 자신의 말을 오롯이 할 수 있는 시간이라고. 다른 한 선배는 말했습니다. 독백이란 누군가의 말을 오롯이 들어 줄 수 있는 시간이라고. 저는 오랫동안 둘 중 하나를 잃어버린 느낌이 듭니다. 나의 독백은 어디에서 오는 것일까요. 내 안에서 스스로 흘러나오는 것일까요. 아니면 지금, 이 순간에도 어디선가 상처받고 차별받고 사라지고 있는 수많은 이들의 외침에서 나오는 것일까요. 나는 어느샌가 저들의 말을 나의 말로 착각하는 건 아닐까요. 나의 말에 취해서 저들의 말을 듣지 못하게 된 건 아닐까요. 아무도 들어 주지 않는 저들의 말은 지금 어디를 떠돌고 있을까요? 온몸에 멍이 든 채로 철길에 버려진 대학생의 시신과 바다 깊숙한 곳에서 발에 돌이 묶인 채 익사체로 발견된 노동자의 시신은, 죽기 전에 우리에게 무슨 말을 가장 하고 싶었을까요. 수많은 생명이 의문사라는 이름으로 하나둘 세상을 떠나고 있는데 신문은 어째서 아주 작은 귀퉁이에 은근슬쩍 실어 줄 뿐일까요. 귀한 생명의 의문의 죽음이 어째서 가장 작은 귀퉁이에 실려야 할까요. 우리의 현대사는 학살의 역사입니다. 48년 제주에서는 7만 명이, 51년 거창에서는 700명이, 80년 광주에서는 수백 수천 명이 학살당했습니다. 그리고, 오늘날, 오늘날에는, 대체 왜 죽어야 할까요? 대체 왜? 자신이 왜 죽었는지도 모른 채 죽어 간 사람들의 영혼은, 그들의 말은, 대체 어디로 가는 걸까요. 월간 독백은 계속 나올 겁니다. 나의 말을 위해서가 아니라 저들의 말을 위해서, 나의 상처가 아니라 저들의 상처를 위해서, 나의 영혼을 위해서가 아니라 저들의 영혼을 위해서, 끊임없이 기록할 겁니다. 제주를, 거창을, 광주를, 그리고, 앞으로 그 언젠가 또 벌어질지 모를 가슴 아픈 재난과 폭력을. 정의를 위해서라는 거창한 이유는 아닙니다. 숨 좀 제대로 쉬면서 살고 싶어서 그렇습니다. 숨 좀 쉬게 해 주십시오. 숨을 제대로 쉬는 방법은 월간 독백 정기구독, 문의 전화 02-456-7890.

승욱 이 재판은 적반하장입니다. 이 재판은 시작도 하기 전부터 결론이 나 있습니다. 오늘의 보도지침 사건 심판의 대상은 보도지침을 폭로한 두 사람이 아니라, 보도지침을 만들고 이용해 온 세력들이 되어야 하기 때문입니다. 하지만 보도지침 사건 자체가 보도지침에 걸려서 신문에 실리지도 못하는 이 현실에서 재판이 무슨 소용입니까. 불낸 사람은 놔두고 119에 신고한 사람만을 잡아 가두는 세상입니다. 덕분에 불은 곳곳으로 번지고 있습니다. 나라 전체를 다 태워야 속이 시원하시겠습니까. 이 재판은 중간이 잘려 나간 필름 같습니다. 결과가 뻔한 재판에 나온 이유는 단 하나입니다. 피고인들 곁에 잠시라도 더 앉아 있고 싶어서였습니다. 피고인들의 얼굴을 더 오랫동안 기억하고 싶어서였습니다. 아마도 오늘 우리는 질 겁니다. 하지만 재판기록은 남을 겁니다. 이 기록이 끝까지 남아서 평생토록 우릴 괴롭히기를 바랍니다. 우리 모습이 부끄럽게 변하려고 할 때마다 끊임없이 떠오르는 유령처럼 되기를 바랍니다. 그리고, 언젠가는, 이 몇 줄의 기록 너머로 사라져 간 수많은 얼굴들을 다시 떠올릴 수 있게 되기를 바랍니다. 역사라는 이름을 위해 지워진 수많은 진짜 이름들을 다시 불러 볼 수 있기를 바랍니다. 그들을 숨 막히게 만들었던 이 공포의 기록이, 우리가 다시 숨 쉴 수 있는 영광의 기록으로, 우리를 움직이게 만드는 강력한 지침으로 다시 태어나기를 바랍니다. 생각해 보면, 저를 이렇게 움직이게 만든 힘은 언제나 저 자신이 아니었습니다. 언제나 강력한, 아름다운 지침이 있었습니다. 연극이 있었고, 책이 있었고, 신문이 있었고, 선배와 스승이 있었고, 그리고 이제는 저기, 제 친구 주혁이와 정배가 있습니다. 이토록 강력하고 아름다운 지침들이 하나둘 늘어나면, 우리는 그 어떤 아름답지 못한 지침에도 길을 잃지 않을 겁니다. 그렇게 믿습니다.

돈결, 한참을 침묵한다.

그리고, 논고를 읽는다.

그 논고가, 돈결의 독백처럼 들린다.

돈결 논고를 읽겠습니다. "세계 어느 자유민주주의 국가라도 언론의 자유를 무제한, 절대적으로 인정하는 나라는 없다. 특히 남북이 대치하고 있는 특수한 안보 정치 상황에서 언론의 자유보다는 국가안보가 우선시되는 상황이 생길 수밖에 없다. 어쩌면 건국 이래 관례화된 언론사에 대한 협조 요청이 문제시된 것을 다행으로 생각한다. 한 번쯤 짚고 넘어가야 할 사항이기 때문이다. 본 건을 기소한 것은 언론자유의 한계를 벗어난 자들에 대해서 계속 강력하게 대응하겠다고 하는 의지의 표현이다. 피고 김주혁과 김정배에게 징역 3년을 구형한다."

법정에

침묵이 흐른다.

원달 (1인극처럼, 혼잣말) …재판장님 …응? …판결하셔야죠? …판결? 어떤 판결? …법에 알맞은 판결을 하시면 됩니다…법에 알맞은 판결? …네 이 시대의 법에 알맞은 판결이요… 이 시대의 법은… 어떤 법이지?… 이 시대의 법으로… 저들에게 알맞은 판결은 무엇이지?

원달, 한동안 말이 없다가

원달 피고 김주혁과 김정배를…. 징역 1년, 자격정지 1년에 처한다.

잠시 정적, 그리고 분노.

돈결 이 정도 사건에 징역 1년이라, 이건 유죄입니까, 무죄입니까?

승욱 거꾸로 묻고 싶네요. 이 정도 사건에 징역 1년이라, 이건 무죄입니까, 유죄입니까?

주혁 결국, 균형을 잘 지키셨네요.

정배 정말 몰라서 그러시는 겁니까?

남자 재판장님! 이 재판이 이렇게 끝나면 안 됩니다!

여자 그래요! 이 재판이 이렇게 끝나면 안 됩니다!

모두들 재판장님! 재판장님! 재판장님!

원달 몰라서 묻냐. 정말 몰라서 묻는 거냐. 그래 난 균형을 지켰다. 너희들은 내가 빛나던 순간만 기억하지. 시대가 어두울 때 대열의 선봉에서 뜨거운 언어를 햇빛처럼 내지르던 순간만 기억하지. 나는 짧게 한 번 빛을 낸 그날 이후로 계속 어둠이었다. 그 어둠 속에서 그 짧은 빛 하나로 버텼다. 그런데 이젠 그 빛조차도 사라져 버렸다. 아니, 어둠이 사라져 버렸다. 아니, 사라진 게 아니라 새로워진다. 시대는 멀미가 날 정도로 빠르게 새로워지고 새로워지고 계속해서 새로워진다. 나의 빛, 나의 어둠, 나의 언어는 계속해서 시대와 멀어지고 멀어지고 계속해서 멀어진다. 난 이제 여기가 어딘지 알 수가 없다… 부끄럽다. 부끄러워 견딜 수가 없다. 낡아지는 내 언어가 부끄러워 견딜 수 없다. 변해가는 동료와 추락하는 선배가 부끄러워 견딜 수 없다. 그리고 언젠가, 나 또한 변하고 추락할 것 같은 예감에 식은땀이 나서 견딜 수 없다. 미움과 질시와 혐오의 외침들이 사방 벽에서 칼날처럼 날아들어 견딜 수가 없다. 부끄러워서 마신다. 그런데 아무리 마셔도 그때의 우리처럼 그날의 우리처럼 웃어지지 않는다. 그날 우리가 왜 그렇게 킬킬댄 건지 기억조차 나지 않는단 말이다. 그래, 난 멈췄다. 내 말을 찾지 못해 멈췄다. 내 말을 찾을 때까지, 내 말이 무르익을 때까지, 난 여기 이 자리에 이렇게 우두커니 서 있을 수밖에 없다. 그래, 그렇다면 너희는 이제 어떻게 할 거냐. 너희는 이제 어디로 갈 거냐. 이 멸시와 혐오의 잿더미 앞에서 (그 옛날 스승으로 돌아와)자네들은 이제 어디로 갈 건가?

다들, 말이 없다.

원달 (판사로 돌아와) 이것으로, 재판을, 토론을, 연극을 마칩니다.

-막-

지상 최후의 농담

등장인물

갑돌

을식

병칠

정색

무력

기평

경종

무대

포로수용소

수용소 바깥에 처형장

#1

포로들이

수용소 벽에 붙어서

바깥의 소리에

귀를 기울이고 있다.

갑돌만이

전혀 신경을 안 쓰고

찬 주먹밥을

아주 열심히

꼭꼭 씹어 먹고 있다.

잠시 후

드르륵 문 여는 소리

뚜벅뚜벅 발걸음 소리

그리고

'빵' 총 쏘는 소리.

총소리가 들리자마자

손가락 발가락으로

무언가를 계산하는 포로들.

을식 맨 처음에는 드르륵, 뚜벅뚜벅뚜벅뚜벅뚜벅뚜벅뚜벅뚜벅뚜벅뚜벅, 뚜벅뚜벅뚜벅뚜벅뚜벅뚜벅뚜벅뚜벅뚜벅뚜벅, 뚜벅뚜벅뚜벅뚜벅뚜벅뚜벅뚜벅뚜벅뚜벅뚜벅, 빵, 이렇게 다섯 번 반복이 됐고, 다음에는 드르륵, 뚜벅뚜벅뚜벅뚜벅뚜벅뚜벅뚜벅뚜벅뚜벅뚜벅, 뚜벅뚜벅뚜벅뚜벅뚜벅뚜벅뚜벅뚜벅뚜벅뚜벅, 빵, 이렇게 다섯 번 반복이 됐어. 빵 소리가 다섯 번 날 때마다 뚜벅 소리가 열 번씩 줄어들고 있어.

병칠 그 말은 한 방에 다섯 명씩 갇혔단 말이고, 처형장이랑 먼 거리에 있는 방부터 집행이 되고 있다는 소리군. 그다음 다섯 번은 드르륵, 뚜벅뚜벅뚜벅뚜벅뚜벅뚜벅뚜벅뚜벅뚜벅뚜벅, 빵이 될 거야. 처형장이랑 열 걸음 거리에 있는 방에서 끌려 나갈 차례겠네. 우리 방은 총소리가 벽 바로 뒤에서 들려. 드디어 우리 방이야.

갑돌 이놈들아. 먹을 거 없냐? 먹을 거?

정색 지금 먹고 있으면서 또 먹을 걸 찾아요?

갑돌 좀 있으면 다 먹을 것 같으니까 그렇지. 난 아직 배가 고프단 말이야.

정색 우린 어차피 곧 끝나요. 이제 우리 모두 평생 배고플 일이 없어요.

갑돌 지금은 배고프잖아. 난 노인이야. 노인을 공경해야지 이놈들아. 먹을 거 없냐? 먹을 거?

정색 자네들과 함께 싸워서 영광이었어. 우리 다섯 중에 누가 먼저 떠날지는 모르겠지만 미리 작별 인사를 하자.

갑돌 내가 가장 나중에 떠날 거야. 난 노인이야. 노인을 공경해야지 이놈들아.

정색 …우리 넷 중에 누가 먼저 떠날지는 모르겠지만 미리 작별 인사를 하자.

무력 잠깐! 너무 쉽게 포기하는 거 아니야? 우리한테는 희망, 기적, 반전 같은 아주 멋진 단어들이 있다구! 처형될 포로가 더 많이 남았을 수도 있고, 잠시 집행이 연기될 수도 있고, 우리 편이 이겨서 우리가 구출될 수도 있어! 희망을 잃지 말자! 인간이 짐승과 다른 점은 희망을 가진다는 거야! 우리 믿자! 저 문이 열리려면 아직 한참 남았다는 것을 굳게 믿자! 희망! 희망! 희망!

문이 열리고
보초 기평이 들어온다.

무력 희망이 너무 빨리 사라지는군. 모두들 안녕.

다 같이 안녕.

기평 축하해. 기적이 벌어졌다.

다 같이 기적? 그럼 설마?

기평 아주 작은 기적이야. 너희들은 십 분을 벌었어. 새로운 포로가 잡혔기 때문에 십 분 동안 인수인계의 시간을 갖겠다. 꼬마야. 들어와.

소년병인 경종,
쭈뼛거리며 들어온다.

기평 기적의 주인공이다. 너희들의 수명을 십 분 늘려 준 은인이야.

을식 …애잖아. 어린애.

기평 그래. 어린애야. 근데 군인이야. 너희 편이 밀리면서 병력이 부족하니까 애들을 전투에 내보냈다는군.

을식 …세상에. 끔찍한 일이야. 어른들 싸움에 애들을. 부끄러워. 우리 편이 너무 부끄러워.

기평 부끄러울 필요 없어. 우리 편도 소년병들이 있었어. 다 죽었지. 맨 앞에 내보냈거든. 십 분 동안 애한테 잘해 주길. 십 분이 지나면 이 방문이 다시 열릴 거다. 그리고 십 분에 한 명씩 차례대로 끌려 나갈 거다. 세상에서 가장 소중한 십 분이야.

기평, 웃으며 나간다.

어른들, 잠시 경종을 바라본다.

병칠 애한테 잘해 줘야 하는데, 뭘 어떻게 잘해 줘야 하지?

갑돌 이 바보들, 십 분에 한 명씩 떠날 놈들이 남 생각할 때냐. 나 같으면 남은 십 분을 나를 위해 쓰겠다. 어차피 난 가장 나중에 나갈 거니까 시간이 많지만.

정색 …그래. 잘해 주기엔 너무 늦었어. 우리 남은 십 분은 각자를 위해 쓰자.

모두들, 벽을 향해 돌아앉아

각자의 마무리 시간을 갖는다.

기도하거나, 흐느끼거나,

비명을 지르거나, 몸부림치거나.

갑돌은 여전히 주먹밥을

꼭꼭 씹어 먹는다.

그렇게 몇 분이 흐르는데

을식 이건 아니야. 어린애가 저기 외롭게 앉아 있는데 어른들이 아무런 신경도 안 쓰고 있다니. 이건 정말 아니야. 어른은 어린애를 즐겁게 해줄 의무가 있어. 나는 나한테 남은 십 분을 저 애를 위해 쓰겠어.

을식, 경종에게 다가간다.

을식 안녕?

경종 …….

을식 반갑다.

경종 …….

을식 밥은 먹었니?

경종 …….

을식 과묵한 성격이구나.

경종 …….

을식 의외로 힘드네. 애들이랑 얘기하는 게.
경험이 없어. 애들과의 대화 경험이.
재밌는 얘기 해 줄까? 나도 애가 있어.
근데 더 웃긴 건 그 애를 아직 못 봤어.
장가를 가자마자 군대에 끌려왔거든.
임신 소식을 전쟁터에서 들었고
딸을 낳았다는 소식을 여기서 들었어.
근데 더 웃긴 건, 애가 잘 크고 있다는 소식을
이제 못 듣는다는 거야. 하하하.

경종 …….

을식 여전히 과묵하구나. 뭐, 어쨌건, 앞으로 잘 부탁해.

경종, 그 말을 듣고
잠시 후, 웃기 시작한다.

을식 …왜 웃지?

경종, 또 웃는다.

을식 왜 웃냐고?

경종 웃기잖아요.

을식 뭐가?

경종 앞으로 잘 부탁한다면서요.

을식 그래. 그 말이 웃겨?

경종 이제 좀 있으면 끌려 나가잖아요. 그럼 '앞으로'라는 건 없잖아요. 근데 앞으로 잘 부탁한다고 하니까 웃기잖아요.

한동안

정적이 흐른다.

그 한마디로

방 안 공기가 바뀐다.

어른들, 웃음이 피식피식 새어 나오다가

웃기 시작한다.

경종 그렇구나. '앞으로'는 이제 없구나. 미안해. 다음부터 조심할게.

경종, 또 웃는다.

경종 '다음부터'라니요. 끌려 나가면 이제 못 돌아오는데 '다음부터'도 말이 안 되죠.

을식 이야, 너 정말 똑똑하구나. 아주 크게 되겠어.

경종, 또 웃는다.

경종 '크게 된다'니요. 한 시간 안에 다 끝날 텐데 그 안에 커 봤자 얼마나 크겠어요.

을식 이야! 너 정말정말 똑똑하구나. 웃으니까 참 잘생겼네. 나중에 여자깨나 꼬시겠어. 알아알아. '나중에'는 없다는 거. 이건 농담이야. 그래. 한 시간 안에 다 끝날 텐데 커 봐야 얼마나 크겠어. 너도, 그리고 우리 애도.

을식, 웃는다.
어찌 보면
우는 것 같기도.

을식의 웃음은
한참 동안 계속된다.

경종과
다른 어른들
그런 을식을
가만히 바라본다.

잠시 후

문이 열리고
기평, 들어온다.

기평 한창 웃는 중에 미안하군. 이제 한 명이 갈 시간이다.

침묵.

기평 누가 먼저 가겠나? 내가 정하긴 좀 그렇군.

갑돌 난 아니야! 난 노인이니까 가장 늦게 나갈 거야! 저 다섯 명 중에 먼저 나갈 거야!

병칠 나도 아니야! 저 네 명 중에 먼저 나갈 거야!

정색 아니야! 저 세 명 중에 먼저 나갈 거야!

무력 아니야! 저 두 명 중에 먼저 나갈 거야!

을식 아니야! 저 한 명 중에 먼저 나갈…

을식, 도망치다가

혼자 앉아 있는 경종을 본다.

경종은

웃음이 싹 사라지고

공포로 질려 있다.

을식, 그런 경종을

가만히 보다가

눈을 질끈 감고

다리를 부들부들 떨면서

간신히 경종한테 온다.

그리고,

귀에 대고 속삭인다.

을식 겁먹지 마. 넌 아니야. 난 지금 나갈 사람이 누군지 알아.

경종 그게 누군데요?

을식 가장 잘생기고 멋있는 사람이야.

경종 그게 누군데요?

을식 나야.

을식, 다시 눈을 질끈 감고

다리를 부들부들 떨면서

나가려고 하는데

눈을 감았기 때문에

제대로 나가지 못한다.

기평 이봐, 눈을 떠. 눈을 떠야 나갈 수가 있지.

을식 아, 그렇지. 눈을 떠야지. 눈을.

을식, 심호흡하고

눈을 뜬다.

그리고

한 발 한 발

꾹꾹 걸으면서

문을 향해 걸어가다가

가까스로 경종을 보며

을식 그럼, 또 보자.

경종, 그 말에 피식 웃는다.

을식 넌 정말, 웃으니까 참 잘생겼구나. 나중에 크면 인기 참 많겠다.

경종, 더 크게 웃는다.

을식 참고로 우리 애는 딸이야. 널 사위 삼을 수도 있어.

경종, 더 크게 웃는다.

을식 그럼 간다.

을식, 이제는

꿋꿋하게 걸어가는데

경종 아저씨.

을식 응?

경종 쑥쑥 자란대요. 어린 애들은.

을식 …….

경종 아마 지금 이 순간에도 쑥쑥 자라고 있을 거예요.

을식 …이야. 애들은 참 신비롭구나.

을식,

세상에서 가장 행복한 웃음을 지으며

당당하게 척척 걸어 나간다.

처형장에서.

기평　　마지막으로 할 말은?

을식　　빨리 쏴. 같이 술 한잔하게.

기평　　말도 안 돼. 내가 쏘면 너는 눈을 감을 텐데 어떻게 같이 한잔을 하지?

을식　　이게 바로 농담이라는 거야.

기평　　아, 그런 게 농담이구나. 너무 웃긴데. 그나저나 좀 미안하군. 이렇게 웃기는 친구를 쏴야 한다니. 근데 왜 웃고 있는 거야?

을식　　애들은 아주 쑥쑥 자라거든. 자네 총알이 내 몸에 도착하는 순간까지도 내 딸은 자라고 있을 거야. 눈감기 직전에 내 딸을 부를 건데 아가라고 불러야 할지 따님이라고 불러야 할지 고민이 돼서. 그 생각 하니까 웃음이 나네.

기평　　이야, 아주 행복한 고민이로군. 근데 아마 부르지 못할 거야. 봐봐.

총소리가 난다.

기평　　총알이 생각보다 빠르거든.

기평의

웃음소리가 들린다.

#2

갑돌 흥, 바보 같은 놈. 끝까지 어른인 척하기는.

갑돌, 다시 주먹밥을 먹는데
병칠과 정색과 무력
흐느낀다.

갑돌 왜 울어? 아까 그놈을 생각하니까 슬프냐?

병칠 아니요.

갑돌 그럼 먼저 나가지 못한 게 미안해서 그러냐?

정색 아니요.

갑돌 그럼 왜 울어? 아하, 무섭구나. 무서워서 우는구나. 에라이 바보들. 인생 뭐 있냐. 인생은 그저 배부르면 되는 거야. 가기 전까지 필사적으로 배를 채우다가 후련하게 가는 게 인생이야. 날 보고 배워 이 바보들아.

무력 전 무서워서 우는 게 아니에요. 부러워서, 부러워서 우는 거예요.

정색 어? 나도 부러워서 우는 건데.

병칠 어? 나도 그래서 우는 건데.

세 명
다시 운다.

갑돌 부러워? 아까 그놈이?

병칠 난 계속 상상했어요. 내 차례가 와서 저 문을 향해 걸어갈 때 나는 어떤 표정을 지을까. 이왕이면 멋지게 떠나고 싶었어요. 하지만 멋진 표정은 상상이 안 갔어요. 울거나 비명을 지르거나 입에 거품을 무는 표정뿐이었어요. 하지만 저 친구는 웃으면서 나갔어요. 웃는 표정이 너무 멋졌어요. 세상에, 웃는 표정은 상상도 못 해 봤는데. 저 친구는 어떻게 웃으면서 나갔을까요. 나도 저렇게 웃으면서 가고 싶은데. (경종에게) 꼬마야. 아까 그 친구가 마지막으로 무슨 말을 한 거니? 그 친구는 그 말을 하고 나서 웃었어. 그 말이 대체 뭐니?

경종 지금 나갈 사람이 누군지 안다고 했어요. 가장 잘생기고 멋있는 사람이 나갈 거라고요. 그게 바로 자기라고요.

다들,

한동안 말이 없다가

웃음을 터뜨린다.

무력 뭐야? 마지막으로 했던 말이 고작 그런 농담이었다니. 웃긴다 진짜. 할 말이 그렇게 없었나. 하고많은 말 중에 고작 농담이나 하다니. 고작 농담이나…그래서 웃을 수 있었구나. 농담을 해서.

다들,

잠시 동안 말이 없다.

무력 저기, 의견 좀 내도 될까? 시간이 가고 있어. 십 분이 지나면 우린 또 나가야 해. 다들 생각이 똑같을 거야. 떠날 때는 웃으면서 떠나고 싶다는 거 말이야. 우린 어차피 얼마 못 살아. 짧으면 십 분이고 길면 오십 분이야.

갑돌 내가 오십 분 살 거야. 나는 노인이니까.

무력 정정한다. 짧으면 십 분이고 길면 사십 분이야. (잠시 경종을 보다가) …이 꼬마도 빼자. 아까 그 친구를 생각해서라도. 우리 셋 남았네. 짧으면 십 분이고 길면 삼십 분이야. 이 시간을 우리가 웃는 데 썼으면 좋겠어. 서로가 웃으면서 나갈 수 있도록 서로를 웃겨 주면 좋겠어.

병칠 그래, 좋은 생각이야. 나도 웃으면서 나가고 싶어. 그럼 어떻게 하면 되지?

무력 농담을 해야지. 이제부터.

정색 그래. 농담을 하면 되는구나. 농담을, 어떻게 시작하지?

무력 그냥 하면 되지. 농담이니까. 누가 먼저 농담을 좀 시작해 보자.

병칠 그래. 그냥 하면 되는데. 그런데, 갑자기 하려니까 뭐가 안 떠오르네.

정색 나도 그래. 아 큰일이네. 시간은 자꾸 가는데 농담이 안 떠올라. 큰일이네. 웃으면서 나가야 하는데. 왜 농담이 안 나오지?

갑돌 이 바보들아. 원래 농담이라는 게 어떤 상황과 타이밍이 맞아떨어져야 할 수 있는 거야. 아까 그놈은 농담할 타이밍이 딱 맞았어. 보초가 누가 나갈 거냐고 물어봤기 때문에 가장 잘생기고 멋진 사람이 나갈 거다. 그건 바로 나다, 라는 농담이 나올 수 있었어. 하지만 네놈들은 아무 상황이 없어. 상황이 없으니까 타이밍이 안 생기는 거야. 그러므로 네놈들은 결코 농담을 할 수 없어. 네놈들은 결코 웃지 못할 거야. 하하하하.

병칠 영감님, 오래 살고 싶지 않으신가 봐요? 가장 먼저 나가시게 해 드릴까요?

갑돌 미안, 농담이었어.

정색 그래도 영감님 말이 맞아. 아까 그 친구의 농담은 죽음과 맞바꾼 최고의 타이밍이었어. 우린 그런 타이밍이 없어. 우린 농담을 못 할 거야.

다들 한동안
우울하다.

무력, 잠시 생각하다가

무력 저기, 나도 부족하지만, 내가 한번 농담을 해 볼까?

모두, 환호하며 박수 친다.

무력, 필사적으로 머리를 짜내서
자기가 알고 있는
몇 가지 농담을 해 보지만
모든 농담이 썰렁하다.
여기서 하는 농담은 배우가 자유롭게 선택한다.

무력 그럼 이번엔 다른 걸 해 볼게. 옛날 옛적에…

갑돌 그만해! 하나도 안 웃겨! 네놈의 그 썰렁한 농담을 듣는 데 아까운 시간을 써 버리고 있잖아! 나는 가장 나중에 나갈 거니까 상관없지만 이제 곧 나가야 하는 놈은 얼마나 억울하겠어? 아마도 이번에 끌려 나가는 놈은 나가면서 널 원망할 거다. "왜 못 웃겼어? 왜 못 웃겼냐고?" 이렇게 소리를 지르면서 말이야. 가만, 그 광경이 오히려 웃기겠네. 그게 바로 나이스 타이밍이네. 모두 걱정 마! 잠시 후면 웃게 될 거야!

갑돌, 신나게 웃는다.

무력 미안해. 이 귀중한 시간에 재미없는 농담만 해서.

병칠 아니야. 애써 줘서 고마워. 그 농담들이, 우리도 아는 농담이어서 웃을 수가 없었어. 적당히 모르는 척하면서 웃어 줄걸.

무력 만약 그랬으면 난 더 미안했을 거야. 솔직해 줘서 고마워.

정색 우리도 미안해. 농담 한마디 못 하는 주제에 농담을 평가만 하고. 다음 생에는 농담을 할 줄 아는 사람으로 태어날게.

이때, 문이 열리고

기평, 들어온다.

기평 거참, 왜 이렇게 재미가 없어? 밖에서 듣고 있는데 한 번도 웃지를 못했어. 젠장. 아까 그 친구는 참 재밌었는데, 그래서 너희들한테도 기대했는데, 십 분 동안 할 수 있는 게 얼마나 많았는데. 밥을 먹거나 술을 먹거나 잠을 자거나 후임병들을 괴롭힐 수 있었는데 난 십 분 동안 벽에 붙어서 너희들 얘기를 들었어. 웃겨 주길 바랐어. 웃겨 주길 바랐다구. 여긴 너무 재미가 없어. 끌고 나가서 총 쏘고 끌고 나가서 구덩이에 던지는 게 끝이라구. 웃겨 주길 바랐어. 너희들이 웃겨 주길 바랐어. 근데 오히려 화가 났어. 너희들이 재미없어서 화가 났다구. 본보기로 이번에 나가는 놈은 편하게 보내지 않을 거야. 총으로 농담을 할 거야. 심장을 쏘는 척하다가 다리를 쏘고 머리를 쏘는 척하다가 팔을 쏠 거야. 아주 웃긴 경험이 될 거야. 아 웃긴다. 생각만 해도 웃겨. 빨리 나가자. 누구야? 누가 나갈 거야?

갑돌 이야! 그거 재밌겠다! 난 가장 마지막에 나가니까 경험을 못 하겠네! 아깝다! 이번에 나가는 놈은 좋겠다! 누구야? 빨리 나가!

모두,

사색이 된다.

그리고

무력을 원망스럽게 바라본다.

무력,

잠시 생각하다가

무력 난 이번에 나갈 사람이 누군지 알아.

병칠 …잠깐, 설마, 그다음 할 말은?

무력 그 사람은, 가장, 잘 생기고, 멋진 사람이야.

정색 …이럴 수가, 그 농담을, 누구나 다 아는 그 농담을 하다니.

무력 미안해, 마지막까지, 다 아는 농담만 해서.

무력, 웃는다.

병칠과 정색도

어색하게

웃는다.

갑돌,

어이없게 웃는다.

갑돌 웃을 때가 아닐 텐데. 바보들.

기평 그래, 웃을 때가 아니야. 난 지금 화가 머리끝까지 났어. 이 웃기지 도 않는 놈들. 내가 웃겨 줄 테니까 빨리 나가자.

기평, 무력을

거칠게 끌고 나간다.

처형장.

기평 마지막으로 할 말은?

무력 그거 맞으면 아픈가?

기평 글쎄. 난 쏘기만 해 보고 맞아 본 적은 없어서.

총소리.

기평 어때? 아픈가?

무력 아아, 정말 아픈데. 서 있지를 못하겠어. 미안.

기평 당연하지. 다리를 쐈으니까. 이번엔 팔을 쏴 볼게.

총소리

기평 둘 중에 어디가 더 아파?

무력 글쎄, 팔이 좀 더. 머리랑 가까워서 신호가 빨리 오나.

기평 이 친구, 이제야 농담을 좀 아는군.

무력 다음 생에는 우리 편으로 태어나. 그래야 맞아 보지.

기평 그럼 다음 생에는 그쪽이 우리 편으로 태어나길. 그래야 쏴 보지.

무력 이야, 우리, 호흡이 딱딱 맞네. 너무 웃기네.

기평 그러네. 이런 호흡은 나도 오랜만이군. 너무 웃겨.

둘, 한참 웃는다.

무력 이제야 웃기네. 아쉽네. 이제야 웃겨서.

기평 그러게. 아쉬워. 이제 끝낼 건데 머리일까 심장일까?

무력 음, 아무래도 심장? 심장이 좀 더 크니까.

기평 이야, 정답이야. 그럼 간다.

총소리.

무력 아, 여긴 무릎인데

기평 농담이었어. 진짜 간다.

총소리

무력 아, 여긴 어깨야.

기평 농담이었어. 진짜 진짜 간다.

총소리

총소리

총소리

총소리

총소리

무력 …끝까지, 농담질이야. 개새끼.

무력, 웃는다.

기평 농담 끝.

총소리.

#3

병칠과 정색,

한동안 말이 없다.

정색 왜 이렇게 찝찝하지. 우리도 실컷 웃고 저 친구도 실컷 웃으면서 떠났는데, 왜 이렇게 찝찝한 거지?

병칠 그러게. 우리는 실컷 웃었고, 수명도 연장이 됐는데, 너무 찝찝해. 먼저 떠난 친구들은 후련한 표정으로 나갔는데 우린 왜 이렇게 찝찝한 거야?

정색 (쉴 새 없이 움직이며) 찝찝해, 찝찝해, 찝찝해, 찝찝해.

병칠 차라리 울자! 웃을 수 없으니 실컷 울자!

정색 그래! 먼저 떠난 저 친구를 애도하며 울자! 더 서럽게 울수록 저 친구를 더 애도하는 거야! 눈물은 거짓말을 못 하니까!

정색과 병칠,

보란 듯이 운다.

누가 더 서럽게 우는지

경쟁하면서.

갑돌 어이구, 저 추잡한 놈들.

정색·병칠 뭐? 우리가 추잡해?

갑돌 죽을 땐 가만있다가 죽고 나니까 우는 추잡한 놈들. 속으로 웃고 있는 게 들킬까 봐 보란 듯이 우는 추잡한 놈들. 더 크게 울수록 더 추잡한 놈이라는 걸 고백하는 거야 이놈들아. 차라리 나처럼 대놓고 웃어라, 솔직하게. 사람은 솔직해야 찝찝하지가 않아요.

병칠과 정색, 그 말을 듣고, 갑자기 미친듯이 웃으며

병칠 그래. 인정하자. 우리가 웃는 순간은 딱 하나야. 우리 대신 다른 사람이 끌려 나갔을 때야. 우리는 우리가 살았을 때만 웃어. 우리가 마지막까지 웃는 방법은 딱 하나야. 우리가 마지막까지 살아남는 거야. 그래야 우리는 마지막까지 웃어.

을식 후련해진다! 찝찝함이 사라지고 후련해지고 있어! 그래, 자네 말이 맞아! 우리는 그런 놈들이야! 당당하게 그렇게 살자고! 우리 대신 다른 사람들을 먼저 끌려가게 만들어서 그걸 바라보면서 계속 웃자고! 그게 우리야! 아 웃음이 난다!

병칠과 정색, 더더욱 미친 듯이 웃는다. 무서울 정도로.

갑돌 이보게들! 내 말은 그냥 농담이었어! 이렇게까지 돌변할 필요는 없어!

정색 아니야. 영감이 한 말은 진담이야. 우리 마음이 움찔했으니까. 고마워. 진담을 해 줘서. 이제는 몰래 웃지 않을 거야. 보란 듯이 웃을 거야.

병칠 그럼, 자네와 나 빼면 이 영감과 소년이 남으니까 둘 중에 하나를 골라야겠군.

갑돌 잠깐! 난 노인이야! 노인을 가장 공경해야지! 그러니까 저 꼬마를 먼저 보내자고! 얘야 괜찮지?

병칠 하지 마! 스스로 알아서 결정하지 마! 우리가 결정할 거야!

정색 우리가 정해서 우리가 억지로 떠밀 거야! 그래야 우리는 억지로 떠밀리는 모습을 보면서 웃을 수가 있다고!

병칠 이야! 벌써부터 웃음이 나는구만!

병칠과 정색
크게 웃는다.

정색 그럼 누가 먼저 가지? 영감? 꼬마?

병칠 꼬마가 낫지 않을까. 아무래도 노인을 공경해야 하니까.

정색 근데 영감은 살 만큼 살았잖아? 꼬마가 조금이라도 더 사는 게?

병칠 어차피 십 분이야. 꼬마가 더 살아도 꼬마고 영감이 더 살아도 영감이야. 어차피 꼬마와 영감이면 영감을 공경하는 게.

정색 어차피 십 분이 지나면 죽잖아? 어찌 보면 이 십 분은 살아가는 십 분이 아니라 죽어 가는 십 분인 거야. 그렇다면 먼저 끌려가는 게 더 공경하는 일이 아닐까?

병칠 아, 어렵다. 너무 어려워. 이 와중에 십 분은 가고 있고. 아아. 어렵다.

정색 잠깐, 우리가 꼬마를 보내면 이 영감은 좋아서 웃겠지? 저 영감은 오래 살고 싶어 하니까. 우린 그 모습을 보면서 기분이 상하겠지? 하지만 영감을 보내면 이 영감은 울겠지? 우린 영감이 우는 모습을 보고 재밌어서 웃겠지?

병칠 답이 나왔다! 영감이다!

갑돌 말도 안 돼! 그따위 이유로 노인을 먼저 내보내다니! 이 웃기는 놈들아!

병칠 인정했다! 영감이 우리가 웃기다고 인정했어!

정색 그래! 우린 역시 이렇게 웃기는 놈들이야! 찝찝함이 사라졌다! 후련하다!

정색과 병칠

웃으면서

갑돌을 내보낼 채비를 하는데

문이 열리고

기평이 들어온다.

기평 두 명의 포로를 집행하면서 많은 생각을 했다. 내 말을 믿을지는 모르겠지만 난 포로들을 끌고 나갈 때마다 너무 괴로웠어. 끌려 나가는 포로들의 표정이 너무 괴로웠기 때문이야. 총을 쏘기 전까지 그 표정은 계속되지. 괴로운 표정을 짓고 있는 포로에게 총을 쏘는 내 심정을 너희들은 절대 모를 거야. 물론 총을 맞는 너희들이 더 괴롭긴 하겠지만. 음, 이런 게 농담이라는 거로군. 매력적이야. 농담이라는 존재. 어쨌든, 이 방 포로들의 집행은 아주 기분이 좋아. 포로들이 모두 웃었기 때문이지. 총을 쏘는 순간까지 내 얼굴을 보면서 웃었어. 웃는 걸 넘어서 농담까지 했지. 꽤 훌륭한 농담들이었어. 난 너무 즐거운 마음으로 방아쇠를 당겼어. 그리고 앞으로도 계속 즐겁게 방아쇠를 당기면 좋겠다는 생각을 했지. 이번에도 그랬으면 좋겠어. 너희들을 끌고 나가면서 내가 웃을 수 있었으면 좋겠어. 그러니까 날 웃겨 봐. 너희 둘 중에서 나를 더 웃기는 사람을 나중에 데려가겠어. 웃겨 준 것에 대한 보답으로 말이지.

정색 잠깐! 우리 둘이라니? 우리 넷이 아니고?

기평 무슨 말이야? 노인과 꼬마는 당연히 맨 나중이지. 국제법으로 보장된 배려라구. 그러니까 너희 둘이야.

갑돌 흐하하하하하하! 이거 웃긴다! 너무 웃겨! 이게 바로 나이스 타이밍이라는 거다 이놈들아! 이게 바로 최고로 웃긴 순간이라고! 만세! 만세!

기평 자, 이제 웃겨 봐! 날 가장 크게 웃기는 놈을 덜 웃기는 놈보다 늦게 보내 주지! 나랑 영감이랑 꼬마가 심사위원이다!

기평, 갑돌과 경종을

자리에 함께 앉힌다.

정색과 기평,

끙끙거리며

농담을 생각하려고 애를 쓴다.

정색,

농담을 한다.

기평·갑돌 안 웃겨.

병칠,

농담을 한다.

기평·갑돌 안 웃겨.

정색,

농담을 한다.

기평·갑돌 안 웃겨. 안 웃기다고.

병칠,

농담을 한다.

기평 안 웃겨! 안 웃겨! 하나도 안 웃겨! 무턱대고 웃기려 들면 웃길 것 같아? 아까 두 친구는 그냥 웃긴 게 아니었어! 뭔가 재미도 있으면서 의미도 있었다고! 좀 내용이 있게 웃겨 봐! 좀 의미가 있게 웃겨 보라고! 난 무턱대고 웃긴다고 무턱대고 웃는 사람이 아니야! 날 우습게보지 마! 이 웃기지도 않은 것들아!

정색,

잠시 생각하다가

정색 이 얘기는 어때요? 이놈은 군대가 마을에 징병을 왔을 때 끌려가지 않으려고 광 속에 한 달을 숨어 있었대요. 군대가 떠나자마자 만세를 부르며 나왔는데 나오자마자 다른 군대가 마을로 와서 끌려왔대요. 그게 우리 군대예요. 완전 웃긴 놈이에요.

기평 뭐야? 처음에 끌려왔으면 포로가 아니라 보초가 될 수도 있었잖아? 하하하!

병칠 이 새끼는 원래 그쪽 군대에 있었어요. 작년에 벌어진 전투에서 그쪽 군대가 밀리니까 곧바로 우리 군대에 투항했어요. 완전 웃긴 새끼예요.

기평 뭐야? 기껏 도망쳤는데 다시 잡혀서 처형을 당하다니! 하하하!

정색 이 개새끼는 전투가 끝나면 야밤에 몰래 나가서 아군 적군을 안 가리고 옷이며 물건을 싹 다 벗겨 와요. 심지어 금이빨도 돌로 쳐서 가져와요. 이 개새끼 때문에 수많은 시신들이 다 알몸으로 썩어 가요. 이 개새끼 완전 웃긴 개새끼예요.

기평 정말 개새끼네! 하하하!

병칠 이 씨발새끼는 공을 세우고 싶어서 군인이 아닌 민간인들도 모른 척 쏴 버려요. 그리고 적들과 내통하는 스파이라고 거짓말을 해요. 이 씨발새끼 완전 웃긴 씨발새끼예요.

기평 와 저 씨발새끼! 하하하!

정색 야 이 웃긴 씨발 개새꺄!

병칠 왜 이 웃긴 개 씨발새꺄!

정색 이런 웃긴 씨발 개 좆같은 씨발새끼!

병칠 이런 웃긴 개 씨발 좆같은 개새끼!

정색과 병칠

난투를 벌인다.

정색·병칠 죽여 버릴 거야! 죽여 버릴 거야!

기평 (웃으며) 야 이 새끼들아! 안 죽여도 돼! 어차피 죽어!

기평, 박장대소를 하다가.

기평 그만 싸워라, 이 웃긴 새끼들아! 더 보고 있으면 내 배꼽이 찢어지겠어! 배꼽이 찢어지면 안 돼! 너희들을 처형할 수 없잖아! 아아! 이 미칠 듯한 농담! 아무튼 그만 싸워. 차라리 내가 눈을 감고 찍을게.

기평, 눈을 감고

뺑뺑이를 돌더니

아무렇게나 찍는다.

병칠이 걸린다.

기평 축하한다! 가자!

병칠 …뭐야 이게. 이렇게 아무렇게나 뽑혀서 끌려가다니. 허허, 허허허, 허허허허.

정색 …살았다. 십 분 더 살았어. 흑흑, 흑흑흑, 흑흑흑흑.

병칠 허허, 허허허, 허허, 허허허.

정색 흑흑, 흑흑흑, 흑흑, 흑흑흑.

갑돌 이 바보들. 죽을 놈은 웃고, 산 놈은 우네. 어이구 웃긴 놈들. 어이구 바보들.

기평 상당히 뭉클한 광경이지만, 빨리 집행을 해야 해서 뭉클할 시간이 없다. 가자.

병칠, 문득 고개를 들고.

병칠 잠깐, 내가 왜 그렇게 웃기려고 발버둥을 쳤지? 내 운명은 그냥 이렇게 뽑기처럼 결정돼도 되는 운명인 거야? 가만있어도 끌려가고 발버둥 쳐도 끌려가는 운명인 거야?

기평 쓸데없는 철학 따위는 그만두라고. 어차피 저세상으로 가니까.

병칠 어차피? 난 어차피 가는구나. 가만있건 발버둥 치건, 잠깐, 가만있어도 저세상으로 가고 발버둥 쳐도 저세상으로 간다면 뭐가 더 이득이지? 가만있으면 가만히 끌려갈 확률 말고는 없어. 하지만 발버둥 친다면? 발버둥 치다가 끌려가거나, 아니면, 혹시, 혹시, 혹시.

기평 혹시 뭐?

병칠 젠장! 모르겠다! 씨발!

병칠, 기평에게 달려든다.

난투가 벌어진다.

기평 너 이 새끼! 그만둬! 그만 안 두면 죽는다! 어떡할래?

병칠 바보 새끼! 난 그만둬도 죽고 그만 안 둬도 죽는다! 하지만 너는 그만 안 두면 죽을 수도 있고, 살 수도 있다! 하지만 그만두면 무조건 산다! 어떡할래?

기평 맞구나! 이 새끼는 무조건 죽지만 나는 죽을 수도 있고, 살 수도 있어! 안 돼! 내가 여기서 죽는 건 말도 안 돼! 항복하겠다!

기평, 순순히 항복한다.

병칠, 총을 들고 포효한다.

병칠의 포효는

한동안 계속된다.

그러다 갑자기

기평에게 총 겨누며

병칠 야, 웃겨 봐.

기평 …뭐?

병칠 웃겨 보라고. 네가 총 들고 계속 시켰잖아. 웃겨 보라고. 이젠 내가 총을 들었잖아. 그러니까 웃겨 봐.

기평 …난, 소질이 없는데.

병칠, 총으로 기평을 때린다.

병칠 이제 소질이 생겼을걸?

기평, 사색이 된다.

아무 농담이나 꺼낸다.

병칠 안 웃겨. (기평을 때린다.)

기평, 다른 농담을 꺼낸다.

병칠 안 웃겨. (기평을 때린다.)

기평의 얼굴에서 코피가 난다.

병칠 이야, 이게 더 웃긴다.

병칠, 기평을 마구 때린다.

기평 아아, 수치스럽다. 보초 옷을 입은 내가 포로 옷을 입은 놈한테 맞고 있다니. 옷이 수치스럽다.

병칠 그래? 그럼 옷을 벗으면 되겠네. 벗어.

기평 뭐? 안 돼. 보초 옷은 내 전부야. 이걸 벗으면 난 죽은 거나 마찬가지야.

병칠 이 총으로 죽는 것보다는 죽은 거나 마찬가지인 게 낫잖아. 쏘기 전에 벗어.

기평, 벗는다.

기평의 알몸을 보고

병칠과 포로들이 웃는다.

병칠 이거 봐. 이 볼품없는 몸뚱어리 좀 봐. 이런 놈이 보초 옷 입었다고 으쓱댔었다니.

기평, 운다.

기평 수치스럽다. 너무나 수치스러워. 난 죽은 거나 마찬가지야. 난 죽은 거나 마찬가지야.

병칠 이 새끼. 알몸 되니까 별거 아니네. 엄청 만만하게 보이네. (총부리로 기평의 몸 곳곳을 찌르며) 어디를 쏴 줄까. 여기? 여기? 여기?

기평, 억지로 웃다가

울음이 터지기 시작한다.

병칠, 기분이 너무 좋아서

미친 듯이 웃는다.

병칠, 포효한다.

병칠 깨달았어! 생과 사의 갈림길에서 깨달아 버렸어! 난 어차피 죽으니까 죽기 살기로 싸웠어! 이 자식은 살 수도 있고 죽을 수도 있으니까 살기 살기로 싸웠어! 죽기 살기가 살기 살기를 이겨 버린 거야! 살기 살기로는 운명을 바꿀 수 없어! 하지만 죽기 살기로는 운명을 바꿀 수 있어! 난 죽기 살기로 싸웠어! 그리고 바꿨어! 내 운명을! 이거야! 바로 이거야! 절망 속에서 희망이! 죽음 속에서 삶이!

정색 이봐 친구, 기분 좋은 건 알겠지만, 우리 빨리 도망치는 게 낫지 않을까?

병칠 우리? 우리가 도망쳐?

정색 그래, 자네랑 나, 우리 말이야.

병칠 왜?

정색 왜라니? 우린 같은 편이잖아?

병칠 아니야. 우린 같지 않아.

정색 같지 않다니? 우린 같아! 같은 편에서 싸웠고 같이 포로가 돼서 같이 갇혀 있다고! 우린 같아!

병칠 아니야, 같지 않아. 소속이 같다고 해서, 집단이 같다고 해서 같은 편이 아니야. 그 안에도 인간의 질은 모두 달라. 난 죽기 살기를 거쳐 온 인간이고 너는 살기 살기로 머무른 인간이야. 미안하지만 우린 인간의 질이 달라져 버렸어. 너는 나처럼 운명을 이겨낼 수 없어. 널 두고 갈 수밖에 없어.

기평 이봐, 내가 이런 말 하는 건 웃기지만 가면 안 돼. 수용소 바깥에는 나보다 더 솜씨가 좋고 냉정한 보초들이 깔려 있어. 넌 그 보초들을 이길 수 없어. 나가자마자 총을 맞게 될 거야. 그럼 넌 죽어. 차라리 여기 남아. 남아서 내 옷을 돌려줘. 그렇게만 하면 너를 가장 늦게 끌고 갈게. 그럼 너는 삼십 분을 살 수 있어. 하지만 지금 나가면 너의 인생은 일 분 안에 끝나. 우리 살자. 둘 다 살자. 부탁이야.

병칠 불쌍한 친구. 아직도 살기 살기에 머물러 있군. 생각해 봐. 내가 여기 머무르면 난 삼십 분을 살다 죽는 길밖에 없지. 하지만 내가 뛰쳐나가면 나한테는 일 분을 살다가 죽는 길과 수용소를 탈출해서 고향으로 돌아가는 두 갈래의 길이 생겨나지. 난 두 갈래 길로 가겠어! 난 기다리지 않겠어! 난 요절 아니면 불멸이다! 내가 간다! 죽기 살기의 인간이 고향을 향해 간다! 어머니! 어머니!

병칠, 신나게 웃으며 달려 나가다가
다시 돌아와서

병칠 생각해 보니 머리를 쓰면 되겠군!

병칠, 옷을 벗고
기평의 옷을 입는다.

병칠 이로써 나는 포로가 아닌 보초가 된다! 죽기 살기의 인간은 이토록 지혜롭다! 다시 간다! 어머니! 어머니!

기평 아니야! 소용없어! 왜냐면!

병칠이 나가자마자
곧바로 들려오는
기관총 소리

기관총 소리가
아주 길게
아주 길게 흐른다.

기평 바깥을 지키는 보초 중에 내 동생이 있어서 내 얼굴을 알아본단 말이야. 멍청아.

기평, 알몸 상태로
웃음이 나온다.

기평 내 옷 입고 죽어 버렸네. 나쁜 새끼. 그럼 난 어쩌지. 알몸으로 나가야 하나. 그럼 난 살겠지. 동생이 내 얼굴을 아니까. 하지만 동료들이 비웃겠지. 옷을 뺏기고 알몸으로 나왔다고. 그럼 난 평생 웃음거리가 되겠지. 나를 존경하는 동생은 엄청난 상처를 입겠지. 그럼 포로 옷을 입고 나가야 하나. 그럼 난 죽겠지. 포로 옷을 보자마자 반사적으로 쏠 테니. 동생도 쏘고 나서야 알아볼 거야. 동생은 슬프겠지. 하지만 쪽팔리지 않겠지. 형이 알몸이 아니니까. 어쩌지. 알몸으로 살아야 하나 옷을 입고 죽어야 하나. 사느냐 죽느냐 그것이 문제로다.

기평, 잠시 생각하다가

기평 그래, 사람은 옷을 입어야 해.

기평,
병칠의 옷을 입는다.

기평 이제야 사람 같구나! 하하하!

기평,

뛰쳐나간다.

기관총 소리.

#4

다들

한참 동안

말이 없다.

정색,

웃으려고 애를 쓰지만

웃지 못한다.

정색 …나구나. 다음번에는 확실히 나구나. 노인과 어린애는 맨 나중이니까, 다음번에 확실히 나야. 틀렸어. 난 웃을 수가 없어. 그전까지는 다음번에 내가 아닐 수도 있다는 희망이 있었어. 하지만 다음번에 확실히 내가 끌려갈 거라는 사실을 알게 되니까 아무 희망도 안 남았어. 십 분 더 사는 게 아무 의미가 없어. 십 분이 지나면 난 끝이야. 난 끝이라고. 아무것도 못 하겠어. 기다리는 거 말고는 아무것도 못 하겠다고. 무서워. 십 분을 기다리고 있는 게 너무 무서워. 못 참겠어. 십 분을 못 참겠어. 나 안 살 거야. 십 분 안 살 거야. 지금 갈래. 지금 갈래.

정색, 문밖으로 뛰쳐나가려는데

갑돌, 정색을 붙잡는다.

갑돌 안 돼! 네놈이 빨리 나가서 빨리 죽으면 우리도 죽는 게 당겨지잖아! 십 분 있다가 나가 이 치사한 놈아!

정색 노인네야. 이 노인네야. 이렇게 살아왔니? 지금까지 이렇게 살아왔어? 그 수많은 전쟁에서 계속 이렇게 살아남았냐구. 웃긴다. 너무 웃겨. 같이 가자. 같이 가자 이 노인네야.

정색, 갑돌을 붙잡고
함께 나가려고 한다.

갑돌 놔! 놔 이 개자식아! 난 살 거야! 난 더 살 거야! 살아! 십 분 더 살라고 이 개자식아!

나가려는 정색과
밀어 넣으려는 갑돌이
몸부림을 치다가
십 분이 지난다.

사람은 없고
문만 열린다.

갑돌 …만세. 십 분 버텼다. 나가. 이제 나가서 죽어.

정색 …뭐지, 이 상쾌하고 개운한 느낌은. 끌려 나가는 게 아니라 스스로 원해서 나가는 느낌은. 그래, 난 내 의지로 저세상으로 간다. 난 자유인이다. 난 자유인이니까 웃을 수 있다.

정색,
드디어 웃는다.

갑돌 아, 이런 미친놈. 이 미친놈 때문에 십 분 동안 땀을 흘렸네. 죽기 전에 땀을 흘리다니. 땀을. 아 이런 미친놈.

갑돌, 실소한다.

정색,

웃으면서

구호를 외치며

당당하게

걸어 나간다.

정색 자유인! 자유인! 자유인! 자유인!

처형장.

정색 자유인! 자유인! 자유인! 자유인!

#5

이제

노인과

소년

둘만 남았다.

갑돌 죄다 바보들 천지로구나. 꼬마 놈을 웃게 해 주려고 농담이랑 죽음을 바꾼 놈. 마지막까지 농담을 못 한 책임을 지려고 스스로 떠난 놈, 죽지 않으려고 죽기 살기로 농담을 한 놈, 죽임을 당하면 슬프니까 스스로 죽는 거라고 최면을 건 놈. 바보들. 모조리 바보들이야. 근데 꼬마야. 넌 왜 말이 없니?

경종, 그제야 고개를 들고

경종 …노인하고 어린애가 남았네요. 둘 중에 누가 먼저 가야 하죠?

갑돌 …그야 너지. 어린애는 어른을 공경해야 하니까.

경종 …그렇죠. 공경해야죠. 어른을.

갑돌 날 미워하지 마라. 어차피 나도 곧 가잖니. 죽음 앞에선 모두 평등한 거란다.

경종 야.

갑돌 …뭐?

경종 야.

갑돌 …너…지금…나 부르는 거냐?

경종 여기 너밖에 더 있어?

갑돌 …이런…이런 고얀….

경종 죽음 앞에선 다 평등하다며. 이 새꺄.

갑돌 …….

경종 그러니까 우린 동갑이야. 맞지? 이 어른 개새꺄. 어른 개 씨발새꺄.
어른 개 씨발 좆만 한 새꺄.

경종,

갑돌에게 계속

꾸준하게

온갖 욕설을 퍼붓는다.

모든 욕설의 앞에는 '어른'이 붙는다.

갑돌, 엄청난 모욕감에

부들부들 떨다가

갑돌 …이 …이 어린… 이 어린 개새끼가!

갑돌, 똑같이 욕을 퍼부으며

경종에게 달려든다.

모든 욕설의 앞에는 '어린' 이 붙는다.

갑돌이 계속 욕을 하며

경종에게 달려들지만

경종은 여유롭게 피하며

여유로운 욕설을 내뱉는다.

마침내

갑돌은

자리에 주저앉아

울기 시작한다.

경종, 그 모습을 보며

깔깔 웃는다.

경종 아유, 농담이에요 농담. 농담 몇 마디에 울어요? 어른이?

갑돌, 더 엄청난 모욕감에

더 서럽게 운다.

경종 뚝! 어유 알았어. 알았어. 웃긴 얘기 해 줄 테니까 웃어. 내가 포로가 되기 전에 무슨 임무를 맡았는지 알아? 포로들을 처형하는 일이었어. 나 같은 꼬마한테 아주 어울리는 일이라고 했어. 십 분이 되면 한 사람씩 끌고 나와서 편하게 방아쇠를 당기면 된다고. 그렇게 편하지는 않았어. 총이 무거워서 겨누기가 힘들었거든. 난 아주 가까이 가서 아주 가까이 겨눠서 쐈어. 난 포로들의 얼굴을 가까이서 볼 수 있었어. 죽음이 가까이 다가온 사람들의 표정을. 그 표정은 도저히 흉내 낼 수가 없는 표정이야. 온몸, 온 신경, 온 세포를 모조리 쥐어짜서 만들어내는 표정이야. 총알이 이마를 뚫고 들어오지 못하도록 필사적으로 만들어낸 방패 같은. 그런 표정에 총구를 들이대. 그럼 그 표정은 더욱더 필사적으로 일그러져. 내가 방아쇠에 손가락을 대면 더욱더 내가 방아쇠를 천천히 당기면 더욱더 내가 방아쇠를 절반까지 당기면 더욱더 일그러져. 너무

나 무섭게 일그러져. 그런데 재밌는 건 뭔지 알아? 내가 방아쇠를 완전히 당기는 순간. 그 영점 몇몇몇 초의 순간에 일그러진 표정이 사라져. 그리고 웃어. 다들 웃어. 정말로 자기 이마에 총알이 발사될 거라고는 생각하지 않았다는 웃음이야. 방아쇠를 당기기 전까지 계속 믿었던 거야. 농담일 거야. 이건 농담일 거야. 난 아니야. 난 아니야. 난 아니야. 그러다 총알이 발사되는 순간의 그 배신당한 듯한 웃음. 그 웃음.

경종,

혼자 미친 듯이 웃다가

경종 그 웃음이 얼마나 무서운 줄 아세요? 이제, 할아버지도 그 일그러진 표정을 짓게 될 거예요. 그 무서운 웃음을 웃게 될 거예요.

갑돌, 경종의 그 말에

아무 말도 못 한 채로

얼어붙는다.

잠시 후, 드르륵 소리

갑돌, 말없이

덜덜 떨고만 있다.

경종, 그런 갑돌을 보며

씨익 웃는다.

경종 왜 이렇게 떨어요?

갑돌 …

경종 와, 신기하다. 어른도 겁을 먹네.

갑돌 …

경종 먼저 가실 건가요? 저 대신?

갑돌 …

경종 괜찮아요. 그냥 가만히 있어요. 내가 먼저 갈 테니까, 계속 가만히 있어요. 어린애는 어른을 공경해야 하잖아요. (귓속말) 맞지. 이 어른 개새꺄?

경종, 갑돌에게
마지막으로 씨익 웃고

전력질주로 뛰어나간다.
마치 운동회 100미터 달리기를 하는 것처럼.

잠시 후, 총소리.

#6

혼자 남은 갑돌.

잠시 멍하니 있다가.

누구한테 말하는 건지

모르겠는 말들을

쉴 새 없이 한다.

갑돌 내가 남았네.

내가 마지막으로 남았어.

뭘 하지.

잠을 잘까.

어차피 십 분 후면 실컷 잘 거잖아.

그럼 뭘 하지.

농담, 농담을 해 볼까.

들을 사람이 없잖아.

내가 말하고 내가 듣지 뭐.

어떤 병사가 어떤 포로를 총살하려고 했어.

총살 직전에 소원 한 가지를 말하라고 했어.

"노래 한 곡을 부르고 싶습니다."

"그 정도야. 노래 제목이 뭔가?"

"담장 위의 녹색 병 백만 개입니다. 담장 위의 녹색 병이 백만 개,

바람이 불어 병 한 개가 떨어지면 구십구만구천구백구십구 개,
바람이 불어 병 두 개가 떨어지면 구십구만구천구백구십팔 개
바람이 불어 병 세 개가 떨어지면 구십구만구천구백구십칠 개"

아직도 십 분이 안 됐나?

전쟁을 영어로 하면, 워.
세상에서 가장 추운 전쟁은 추워,
세상에서 가장 뜨거운 전쟁은 뜨거워,
세상에서 가장 더러운 전쟁은 더러워.

아직도 십 분이 안 됐나?

어느 나라에 전쟁이 터졌어.
장군이 말했지.
"아군도 천 명이고 적군도 천 명이다.
모두 한 명씩 죽이면 우리가 이긴다!"
어떤 병사가 말했지.
"저는 두 명도 죽일 수 있습니다!"
옆에 있던 병사가 말했지.
"그럼 저는 집에 가도 되죠?"

아직도 십 분이 안 됐나?

"당신이 한 일은 훌륭한 일입니다. 하느님도 기뻐하실 겁니다."

어떤 독재자가 정신병원을 방문했어.
모든 환자들이 경례를 했어.
그런데 남자 한 명이
건방지게 경례를 하지 않았어.

"네놈은 뭔데 경례를 안 하는 거야?"

"각하, 전 간호사입니다. 전 미치지 않았거든요."

독재자가 높은 탑 위에서
국민들에게 연설을 하고 있었어.
옆에 있는 비서에게
국민들의 사기를 북돋을 방법이 없냐고 물었지.
비서가 대답했어.

"단지, 여기서 뛰어내리시면 됩니다."

아직도 십 분이 안 됐나?

아직도, 아직도 십 분이 안 됐나?
원래 십 분이 이렇게 긴 시간이었나.
웃기네. 하루 종일
할 말을 십 분 동안 다 한 느낌이야.
웃겨, 아주 웃겨.
배고프다. 뭐 먹을 거 없나.
아니야. 참자.

배고픔을 즐기자.

이제 저세상으로 떠나면 평생 배고픔을 못 느낄 텐데 뭘.

내 나이가 몇이지.

내가 내 나이도 모르고 떠나겠네.

웃기네.

엄마가 섬 그늘에 굴 따러 가면

엄마, 엄마가 보고 싶네.

이 나이에 엄마가. 보고 싶어요. 엄마.

미안해요 엄마. 미안해요 내가 죽인 모든 분들.

안 죽여도 되는데 죽인 분들.

미안해. 얘들아 미안해. 정말 미안해. 어쩔 수 없었어.

아니야. 어쩔 수 있었어. 아 모르겠어. 아무튼 미안해. 다 미안해.

근데 방금 나간 어린애, 얘야 넌 이름이 뭐였니.

미안해, 이름도 안 물어보고.

미안하긴 뭐가 미안해. 이놈의 새끼. 어린놈의 새끼. 어린놈이 건방지게 지가 뭘 안다고, 뭘 안다고 감히. 아니야 내가 건방져. 내가 뭘 안다고. 뭘 안다고 감히.

아니야 네놈이 더 건방져 이 어린놈 이 새파란 놈

내가 이겼다. 이놈아 내가 너보다 더 오래 살았으니까 내가 이긴 거야, 이놈아.

이 제대로 살지도 못하고 간 놈아. 나머지 놈들도 마찬가지야. 내가 이겼어, 내가 다 이겼어. 할 말 있으면 해 봐. 당장 나와서 해 봐. 못 나오지? 내가 이겼어. 내가 다 이겼어.

내가 이겼어. 내가 다 이겼어.

(갑돌, 계속해서 '내가 다 이겼어'라는 말을 미친 듯이 반복하다가)

아직도 십 분이 안 됐나?

아직도 십 분이 안 됐나?

아직도 십 분이 안 됐나?

잠시 후

문이 열린다.

갑돌,

그제야

천천히 웃는다.

-막-

괴벨스 극장

나치 시대의 영광스러운 영상들이 상영되고 있다.
(전당대회, 행진, 괴벨스와 히틀러의 영상 등)

영상

어떤 커다란 거짓말을 한다면 그리고 그 거짓말을 충분히 여러 번 반복한다면 결국 사람들은 믿게 된다. 그 거짓이 주장 될 수 있는 것은 국가가 그 거짓의 정치적, 경제적, 군사적 결과물로부터 국민들을 보호할 수 있는 그동안만이다. 바로 그렇기 때문에 다른 반대의견들을 모든 권력을 총동원하여 억압하는 것이 국가에게 극도로 중요한 의미를 지니는 것이다.
진실은 거짓의 불구대천지원수다. 고로 진실은 국가의 가장 큰 적이다. 비밀은, 선전의 비밀은, {다시} {하나, 둘} {하나, 둘, 셋} {다시} 선전의 비밀은 선전의 대상들이 본인들도 전혀 모르는 사이에 선전되는 이념들이 완전히 젖어들게 된다는 것이다. 언론을…. 정부 손안의 피아노, 그러니까 전부가 연주할 수 있는 피아노로서 생각하라. {다시} 어떤 빈틈 없는 놈이 요한 슈트라우스가 1/8 유태인이라는 것을 찾아냈다. 나는 사실공표를 금하는 바이다. 첫째로, 아직 증명되지 않았기 때문에. 둘째로, 나는 독일의 문화적 자산이 이렇게 점점 바닥나도록 내버려 두고 싶지 않기 때문이다. 그랬다가는 우리 역사에 남은 것이라고는 비두킨트, 하인리히 사자공, 로젠베르크뿐일 것이다. 그거론 부족하다. 이런 쪽에서는 무솔리니가 훨씬 앞서나가고 있다. 그는 고대로부터 시작된 전체 로마 역사를 혼자 독차지하고 있으니. 우리는 그에 비하면 벼락부자쯤밖에 되지 않는다. 나는 그에 반하여 내가 할 수 있는 것을 할 뿐이다. 그것은 또한 총통 각하의 뜻이기도 하다. 하나의 국민, 하나의 제국, 하나의 총통. 우리는 우리의 피로 사고한다. 우리는 우리의 피로 사고한다.
-여러분은 총력전을 원하는가?
-네!
-전쟁을 필요시에는 상상을 초월할 만큼 총력적이고 무분별하길 원하는가?
-네!
-국민들이여! 일어나라! 일어나서 폭풍을 일으키라!
-승리 만세!

장면1 벙커 안

E 전쟁 소리 # 1

히틀러 나 무서워 무섭다고 진짜 꼭 이렇게까지 해야 해? 우리 어제 결혼했잖아!

에바 다른 방법이 없어. 히틀러 나의 콧수염 두려워하지 마! 한 방에 같이 가는 거야.

히틀러 지금이라도 늦지 않았어. 우리 도망가자 아무 새끼나 죽이고 불 지르면 돼!

에바 마음 약한 소리 하지 마! 자 한잔 마셔 설탕 탔어.

히틀러 나 죽기 싫어, 나 죽기 싫어, 나 죽기 싫어!

E 전쟁소리 out (사랑, 히틀러 나가면)

괴벨스 총통은 죽음을 두려워했다. 오히려 그의 아름다운 연인 에바 브라운이 죽음 앞에 의연했…. 아냐…. 이렇게 쓰면 안 돼. 총통은 죽음 앞에 당당했다. 총통을 둘러싼 폭도들이, 침을 질질 흘리고, 으르렁거리고, 십자가에 못 박으라고 윽박질렀다.

E 총소리 두 방 # 2

총통은 가엾은 국민들을 위해 스스로 십자가에 못 박히셨다. 하지만 부활하실 것이다. 예수가 사흘 만에 부활했듯이. 먼 훗날, 총통을 찾을 국민들을 위해, 내 모든 기록을 여기에 남긴다.

친위대, 기름통을 들고 등장.

친위대 총통께서 장관님을 다음 총통으로 임명하셨습니다.

괴벨스 총통? 내가? 내가 총통? 보여…? 다들 보여…? 절름발이 괴물이라고 손가락질 받던 내가…. 드디어 총통이다, 총통.

친위대 그리고, 총통으로서 찬란한 우리의 세상을 끝까지 지켜 달라는 명령을 내리셨습니다. 피하십시오. 1시간 후면 연합군이 여기 베를린에 도착합니다.

괴벨스 자네 그거 아나?
난 총통을 만난 이후에 여태껏 명령을 거역한 적이 없네.
하지만 이번 명령만은 예외로 해야겠어. 총통 각하 죄송합니다.
(히틀러에게) 이번 명령은 따를 수 없습니다.

친위대 총통께서 자신의 시신과 함께 이곳에 모든 것을 불태우라 명령하셨습니다.

괴벨스 자네는 어쩔 텐가?

친위대 구차하게 목숨을 구걸하느니 자결하겠습니다.

괴벨스 부탁이 있네.

친위대 말씀하십시오.

괴벨스 내가 죽으면 나 또한 불태워 주게.

친위대 그럼 장관님의 아이들은….

괴벨스 아이들. 내 아이들…. 내 선택에 달렸지. 아이들이 무엇을 알겠어? 그냥 잠든 채로 죽으면 그만이지. 어쩌겠나…. 세상은 어른들의 결정에 달린 것을. 내 아이들은 이미 희대의 거짓말쟁이 괴벨스의 자식이라는 낙인이 찍혔는데. 어디 가서 사람 취급이나 받겠어?

그냥 나랑 함께 가는 게 낫겠지. 낙인. 그것만큼 무서운 건 없어. 난 너무나 잘 알고 있어. 낙인이라는 것. 그게 나를 평생 괴롭혔고, 결국 날 이렇게 만들었어. 허! 하지만 그 낙인이라는 콤플렉스가 나를 깨우쳤고 그 콤플렉스는 원동력이 돼서 결국 날 이 총통 자리까지 올라오게 한 거야. 낙인…. 나에게 잠시 시간을 좀 주겠나.

친위대 (경례를 하고 나간다.)

괴벨스 총소리가 울리면 들어와서 날 불태워 주게. (친위대 퇴장) 낙인. 그것은 정말 어마무시한 힘을 가지고 있었어.

S 학교 종소리 # 3

장면2 학교 수업 시간

선생님이 칠판에 작문 주제를 쓴다.

학생1 괴벨스

괴벨스 응?

학생1 숙제했어?

괴벨스 나 했는데.

학생1 야, 전에 네 거 보고 베꼈다가 선생님한테 혼났잖아. 아니 작문을 하랬더니 책을 보고 베꼈어? 그것도 작문이냐? 괴벨스 나 좀 보여 주라.

괴벨스 안 돼.

학생1 왜!

괴벨스 이미 네 것도 다 해 왔어.

학생1 벨스야, 너는 공부도 잘하는 애가 어쩜 그렇게 마음씨도 곱니. 역사면 역사, 수학이면 수학!

학생3 야! 이 일기장 누구 거야?

괴벨스 이거 내 건데. 너 혹시…. 이 일기 읽어 본 건 아니지?

학생1 야 선생님 오신다.

선생님 등장.

선생님 "왜 우리는 전쟁에서 이겨야만 하고 이기기를 원하고 이길 수밖에 없는가."

학생2 선생님, 왜 한 달 내내 같은 주제로만 작문하는 겁니까?

선생님 가장 중요한 주제기 때문이지.

학생2 "진정한 사랑은 어디에서 오는가." "무상급식 논란은 왜 자꾸 벌어지는가." "기간제 교사 정규직 전환 가능한가." 이런 좋은 주제도 있지 않습니까?

선생님 뭐, 그것도 아주 좋은 주제다. 특히 선생님에게 꼭 필요한 주제지. 하지만 지금은 사랑이니 무상급식이니 따위를 나불거릴 때가 아니야!

학생2 왜요?

선생님 우린 지금 세계대전에 참전 중이잖아. 전쟁에서 이기느냐 지느냐에 따라서 국가의 운명이 결정되고, 국가의 운명에 따라서 우리의 운명도 결정된다.

학생2 맞습니다!

학생3 선생님.

선생님 응?

학생3 국민 개개인의 운명에 따라서 국가의 운명이 결정되지는 않잖아요?

선생님 더 구체적으로 말해 봐라.

학생3 전쟁에서 패하면 빚을 지게 됩니다. 그 빚은 우리가 다 갚아야 하죠. 하지만 개인이 사업을 하다 빚을 지면 국가가 갚아 주나요?

선생님 국민이 빚을 지는 건 개인 사정이지 않나?
국가는 개인 사정이 아니야. 전쟁은 우리 모두의 싸움이다.
전쟁에서 지고 싶은가?

괴벨스·친구 아니요!

선생님 전쟁에서 져서 프랑스 놈들의 식민지가 되고 싶은가?

괴벨스·친구 아니요!

선생님 국가가 힘을 잃으면 국민은 노예가 된다.

우리의 가족들이 노예가 되고 첩으로 끌려가는 광경을 보고 싶은가?

괴벨스·친구 아니요!

선생님 방법은 단 하나! 우리가 저놈들을 물리친다! 우리가 저놈들의 땅을 식민지로 삼는다! 우리가 저놈들의 가족을 노예와 첩으로 만든다!

학생3 아니 왜 사람들을 노예로 만들고 첩으로 만드세요?

선생님 전쟁에는 승자와 패자가 있을 뿐이야.

우리가 승리하지 못하면 노예가 되고 첩이 되는 거지. 그건 형벌을 받는 것이고.

형벌을 받고 싶은가?

모두 아니요.

선생님 파울 요제프 괴벨스!

괴벨스 네 선생님.

선생님 너의 생각을 말해 봐.

괴벨스, 일어나서 작문을 읽는다.

괴벨스 우리는 왜 전쟁에서 이겨야만 하는가?

우리는 전 세계가 두려움과 경외감으로 바라보고 있는 위대한 독일의 구성원이기 때문이다.

우리는 시인과 사상가의 민족이 지니고 있는 세계적인 사명을 완수해야 하기 때문이다.

우리는 현재의 모습보다 더욱 위대하며 전 세계의 정치적 정신적 지도자가 될 권리를 가지고 있음을 증명해야 하기 때문이다.

우리의 정의는 이루어질 것이다. 우리는 최후의 전투에서 승리할 것이다.

선생님, 기립박수.

선생님 에이쁠!

괴벨스 예?

선생님 에이쁠!

괴벨스 에이쁠?

선생님 이 멋진 새끼! 이 세상 무서운 줄 아는 새끼! 괴벨스 보여? 지금 국가가 너의 작문을 읽으며 기뻐하는 표정이?

괴벨스 정말요…? 국가가…. 기뻐하고 있나요?

선생님 그럼! 지금 국가가 아주 기뻐하면서 신나게 웃고 있다! 선생님은 알고 있어. 왜냐면 선생님은 국가의 음성을 듣는 사람이니까.

괴벨스 선생님! 선생님이 국가의 음성을 듣는다고요?

선생님 그래그래! 선생님은 국가 임용고사를 통과했거든! 국가는 아주 단순해! 쪼끔 존경하는 척해 주고, 쪼끔 무서워하는 척해 주면, 국가는 그 새끼랑 평생 가는 거야!

괴벨스 맞습니다!

(선생님 괴벨스를 껴안는다)

괴벨스 아…. 아….

선생님 괜찮아?

괴벨스 죄송합니다. 국가의 포옹은 처음이라서.

선생님 괴벨스? 전쟁에서 이길 때까지 계속 국가를 기쁘게 해 다오!

괴벨스 네, 선생님.

학생3 선생님 말씀대로 국가가 기쁘다면 우리가 모두 기뻐야겠지요. 하지만 지금 우리 노동자들은 형벌을 받은 것과 다름없습니다. 기쁘지 않아요. 지금 국가는 우리를 개, 돼지, 뭐 꽃게. 이런 거 취급하잖아요.

선생님 야 너 말 한번 잘했다. 그럼 넌 어떡해야 형벌을 안 받을 수 있을까? 네가 부자가 돼야 해.

그래야 개, 돼지, 꽃게. 이런 취급을 안 받는 거지.

이건 국가의 뜻이고 국가의 뜻을 저버리는 놈에게는 국가의 형벌이 내리는 거야!

학생3 선생님은 정말, 대단한 애국자이십니다.

선생님 고맙다. 칭찬해 줘서. 그리고 엎드려.

야 도둑놈한테! 도둑놈이라고 말하면! 얼마나 기분 나쁜지! 알아 이 새꺄! 나이 처먹고 취직하면 똑같이 변할 새끼들이! 꼭 어릴 때만 주둥이를 놀려요! 야 내가 너만 할 땐 분노가 하늘을 찔렀어, 이 새꺄. 지금 이 세상이 얼마나 무서운 줄 알아? 한마디 하면 바로 조사 들어와 새꺄! 내가 세금을 떼어먹었는지 안 떼어먹었는지 새꺄! 시험지 유출을 했는지 안 했는지 새꺄! 교사 채용 비리가 있었는지 없었는지 새꺄! 아 이 새끼! 이 용감한 새끼! 이 세상 무서운 줄 모르는 새끼! 뭔 책을 읽었길래 진실에 가까워지는 거야 이 새끼는?

자 따라 해! 지금 우리에게 가장 절대적인 가치는.

모두들 지금 우리에게 가장 절대적인 가치는 .

선생님 바로 국가다!

모두들 바로 국가다!

선생님 국가가 우리의 절대자이고

모두들 국가가 우리의 절대자이고

선생님 우리는 그 절대자인 국가를 따른다!

모두들 우리는 그 절대자인 국가를 따른다!

선생님 괴벨스.

괴벨스 네. 선생님?

선생님 오늘부터 반장 해!

괴벨스 감사합니다 선생님!

선생님 감사는 국가에게!

S 학교 종소리 # 3

선생님, 퇴장

학생3, 한참 동안

괴벨스를 노려보다가

학생3 야 괴벨스 너, 정말 그렇게 생각해?

괴벨스 무슨 말이야?

학생3 네가 쓴 작문과 너의 생각이 일치하냐고.

괴벨스 …무슨 상관이야?

학생3 상관있지. 난 너처럼 주둥아리만 나불대는 애들을 싫어하거든. 너 정말로 너의 작문과 너의 생각이 똑같아?

괴벨스 …네가 알 바 아니잖아.

학생3 알 바가 아니라니? 알아야지. 네가 공공장소에서는 국가와 정의를 뜨겁게 외치다가도 혼자 있을 때는 무슨 이상한 짓을 할지 어떻게 알아?

괴벨스 그런 짓 안 해…. 그리고…. 한다고 해도…. 네가 뭐라 할 자격은 없어…. 그건…. 내 사생활이니까.

학생3 아니, 상관해야 해. 네가 작문에서 발표한 것처럼, 국가가 우리고, 우리가 국가라면 너의 일기장을 우리에게 보여 줘.

괴벨스 안 돼.

학생3 왜 안 돼? 네가 국가라며? 나쁜 새끼. 겉과 속이 다른 새끼. 친구 엄마나 사랑하는 주제에.

괴벨스 남의 일기를 왜 읽어!

학생3 야 슈미트, 네가 생각하는 국가는 뭐야?

학생2 몰라. 난 그냥 우리나라가 좋아.

학생1 그냥 선생님이 시키는 대로 하면 되는 거지. 너는 선생님 말씀 좀 잘 들어라.

학생3 나쁜 놈들.

너희들이 더 나쁜 놈들이야.

학생1 아니, 우리가 왜? 그냥 선생님 말씀 잘 듣고 우리나라가 좋다는데.

학생3 너희들은 쓰레기야, 너희 같은 회색분자들이 저런 놈들을 독재자로 만들어 주는 거라고.

학생2 야 지금 독재자가 어딨니?

학생1 인간은 자유로운 거야! 그 어떤 집단과 국가도 개인의 자유와 생각을 통제할 수가 없다고! 아니 우리가 선생님 말씀 듣겠다는데 네가 왜 그러는 거야?

괴벨스 그래 그건 네 말이 맞아. 너희들은 누가 말하면 그냥 따르면 되는 거야. 그냥 사람들 다 하는 대로.

너희들이 가장 큰 힘이야. 너희들이 대중이거든.

대중이 힘이 있잖아? 다 되게 돼 있어.

학생1 그치? 내 말 맞지?

괴벨스 그럼 너희들은 너희들보다 위에 있는 사람이 말하면 그냥 들으면 되는 거야.

학생1 그래. 그 사람은 나보다 똑똑할 거 아냐? 그럼 똑똑한 사람 말 들으면 되지.

너도 애 말 들어. 너 애보다 공부 못하잖아.

괴벨스 너희들 엄마 사랑하니?

학생1 사랑하지

괴벨스 그럼 이 나라도 사랑해?

학생1·2 사랑하지.

괴벨스 누군가한테 지는 거 싫지?

학생1·2 싫지.

괴벨스 그럼 엄마를 미워하고 국가를 미워하는 사람에 대해선 어떻게 생각해?

학생1·2 싫지 당연히.

괴벨스 그럼 너희들이 싫어하는 사람한테 지는 게 좋아?

학생1·2 싫지.

괴벨스 그럼 너희들의 적은 누구야?

학생2 나야 모르지….

학생1 …우리랑 다른 사람.

괴벨스 정답. 너 정말 현명하구나.

학생1 고맙다.

괴벨스 고맙긴, 난 그냥 네 생각을 정리해 줬을 뿐이야.

학생1 너의 정리를 들으니까 재가 더 싫어진다. 재수 없어.

학생2 재수 없어. 야 같이 가.

학생1,2 퇴장.

학생3 야, 절름발이. 넌 네 뇌를 어떻게 하든지 네 주둥이를 어떻게 해야 해. 네가 왜 다리를 저는지 알아? 너는 괴물이라서 그래. 신도 안 거지. 네가 아주 흉측한 괴물이라는 걸. 그걸 알아보게 하려고 네 다리를 절게 만든 거거든.

넌 하나님의 형벌이야.

괴벨스 아냐…. 난 하나님의 형벌이 아냐.

M 나 같은 죄인 살리신 # 4

장면3 교회

한쪽에 엄마와 목사.

다른 한쪽에는 어린 괴벨스.

엄마 아들아.

괴벨스 엄마?

목사 하나님의 음성을 들었습니다.

괴벨스 목사님?

목사 우리 하나님은 다 아십니다. 누가 따르고 누가 따르지 않는지. 누가 믿음이 충만하고 누가 믿음이 부족한지. 믿음이 충만한 자에게는 건강한 몸을 내리십니다. 믿음이 부족한 자에게는 건강하지 못한 몸을 내리십니다. 태어날 때부터 장애를 가졌다는 것은 하나님의 형벌을 받은 것입니다. 그것은 하나님께서 그의 믿음이 먼 훗날 가짜가 될 것을 아시고 미리 장애를 내림으로써 평생 하나님만을 두려워하면서 살아가라, 하나님만을 바라봐라! 그러므로 장애가 있는 자들은 장애가 없는 성도들을 보면서 아 나도 그렇게 될 수 있다 믿고 하나님만을 믿고, 또 믿어야 합니다. 혹시 여러분 중에 몸이 불편한 자 있습니까? 예, 나오십시오. 장애를 가진 자 다 나오십시오! 하나님 앞에 죄를 고백하고 기적을 구하십시오.

엄마 괴벨스, 내 아들. 하나님께선 다 알고 계셔. 너의 기도가 진짜인지 가짜인지, 넌 가짜로 기도했어. 그래서 하나님이 기적을 내리지 않으신 거야. 언젠가, 너의 기도가 진짜가 되면, 하나님이 널 달리게 하실 거야.

다리가 낫고 싶으면 꼬박꼬박 교회에 가서 꼬박꼬박 목사님의 설교를 듣고, 꼬박꼬박 목사님한테 헌금하면 돼.

괴벨스 헌금을 목사님한테?

엄마 목사님은 하나님의 음성을 듣는 분이니까.

절대자의 음성을 듣는 분이야.

괴벨스 절대자?

엄마 하나님 제 아들 다리 좀 낫게 해 주세요.

목사님 제 아들의 다리를 낫게 해 주세요!

목사 하나님의 형벌을 받은 것입니다.

괴벨스 아냐! 난 하나님의 형벌이 아냐! 난…. 태어나자마자 열병에 걸렸어…. 엄마는 가난해서 날 제대로 치료해 주지 못했어…. 난…. 몇 날 며칠 동안 열병을 앓았어…. 그 열병을 앓고 나서 다리를 절게 된 거야…. 이게 왜 하나님의 형벌이야? 날 치료 못 해 준 엄마 잘못이잖아? 치료비를 비싸게 받아먹는 병원 때문이잖아? 병원이 장사하게 허락해 준 이 나라 때문이잖아?

목사 여기! 다리를 저는 소년이 있습니다! 하느님의 형벌을 받은 불쌍한 소년이 있습니다! 모두 이 소년을 보십시오. 이 불쌍한 소년을 보며 눈물 흘리고 동정하고 안타까워하십시오.

괴벨스 왜 나를 비난하는 거야? 왜 너희들의 잘못을 나한테 돌리는 거야?

목사 이 소년을 보며 하나님을 거역하면 나도 이렇게 된다 명심하고, 명심하고 또 명심하라.

괴벨스 그런 거야? 너희들 모두의 마음이 편하기 위해서 나 한 명을 죄인으로 만드는 거야?

너희들 모두가 구원받기 위해서 나 한 명한테 죄인이라는 낙인을 찍는 거야?

그럼 나는 너희들의 공공의 제물인 거야? 나 한 명이 제물이 되면 너희들의 세상은 흔들림 없이 유지될 수 있는 거야?

목사 들을 귀 있는 자는 들으십시오. 목사는 절대자의 음성을 듣고 전달하는 사람입니다. 절대자의 귀이자 절대자의 입인 것입니다.

괴벨스 하나의 절대자와 하나의 형벌. 그게 바로 세상의 비밀인 거야?
그렇구나. 이야, 정말 좋은 거 배웠다.

목사 소년이여. 기도하라. 죄를 빌라.

괴벨스 난 신을 믿지 않아. 그러니 빌 것도 없어.
어떻게 존재하지 않는 신이 날 용서할 수 있어?

목사 기도하라. 죄를 빌라!

괴벨스 나는 존재하는 절대자에게 다가갈 거야.
난 존재하는 절대자의 말을 들을 거야.

목사 기도하라. 죄를 빌라!

괴벨스 내가 형벌을 내릴 거야. 내가 제물을 정할 거야. 내가 낙인을 찍을 거야.

장면4 히틀러 석방

E 철문 열리는 소리 # 6

히틀러 드디어 석방이다. 난 죄인이 아니야! 정의롭지 못한 시대에 정의로운 자들이 갈 곳은 감옥밖에 없다고 도스토예프스키도 말했어!

괴벨스 저, 출소를 축하드립니다.

괴벨스, 초콜릿을 건넨다.

히틀러 초콜릿!

달콤하다. 자넨 누구지?

괴벨스 파울 요제프 괴벨스. 당신 팬입니다. 뮌헨에서의 폭동 소식을 들었습니다. 술집을 점령하고 새로운 독일을 만들자고 호소하셨다면서요.

히틀러 그때는 겨우 술집만 점령했지만, 이제 곧 독일 전체를 점령하게 될 거야.

괴벨스 그럼 또다시 폭동을?

히틀러 아니. 쿠데타는 불법이지. 하지만 정치는 합법이야. 국회의원이 될 거다. 우리 정당의 힘으로.

괴벨스 정당 이름이?

히틀러 국가 사회주의 독일 노동자당.

괴벨스 국가! 사회주의! 독일 노동자당! 좋은 건 다 갖다 쓰셨네요?

히틀러 뭔 뜻인지는 몰라. 요즘에 핫한 단어들이라고 해서 가져왔어. 인기 없어지면 다시 바꿔 버리면 돼. 사회당이건, 자본당이건 알 게 뭐야. 인기 많으면 장땡이지.

나시오날소지알리스티쉐 도이첸 알바이터 파르타이.

괴벨스 근데 좀 긴데요.

히틀러 그래서 줄였어. 나치.

괴벨스 나치!

히틀러 국가의 이름으로 전 세계를 독일 제국으로 통합할 거야. 그래서 모두가 평등하게 잘사는 나라를 만들 거야. 아니, 모두는 아니지, 순수 독일민족만. 자네는 순수해?

괴벨스 아니요…. 저는…. 순수하지 않습니다.

히틀러 어째서?

괴벨스 예…. 저는…. 다리를 접니다.

히틀러 다리를 절면 순수하지 않다는 말은 어떤 놈들이 했지?

괴벨스 교회에서…. 학교에서…. 군대에서…. 교회에서는 하느님의 형벌이었고, 학교에서는 절름발이 괴물이었고, 군대에서는 징병 대상조차 되지 못했죠. 박사 학위를 땄는데도 아무 데도 취직이 되지 않아요. 네. 제 다리 때문이겠죠.

히틀러 그게 바로 차별이라는 거야. 교회와 학교와 군대를 쥐고 있는 놈들의 개수작이지. 희생양을 만들어서 자신들의 우월성을 확인하는 거지. 자네는 희생양이었어.

괴벨스 전 희생양이 되기 싫습니다.

히틀러 그래 자네는 할 수 있어. 자네는 위대한 존재가 될 수 있어.

괴벨스 제가 위대한 존재가 될 수 있다고요?

히틀러 그럼! 그리고 난 자네 같은 사람이 필요해.

괴벨스 저 같은 사람이 필요하시다고요?

히틀러 나와 함께 일해 보지 않겠나.

괴벨스 저와 함께 일을! 이럴 수가, 저를 인정해 주는 유일한 분. 당신은 나의 절대자요 구원자이십니다.

히틀러 환영하네.

괴벨스 충성을 다하겠습니다.

히틀러 그렇지. 나이스~ 에이씨….

괴벨스 예? 그런데 갑자기 왜 그러세요?

히틀러 고민이 있어.

괴벨스 무슨 고민이요?

히틀러 당원 수가 만 명밖에 안 돼.

괴벨스 예? 만 명이면 충분합니다.

히틀러 무슨 말이지?

괴벨스 예 지금 우리 독일은 세계전쟁에서 지는 바람에 국제 찐따가 돼 버렸어요. 베르사유 조약에 의해서 엄청난 전쟁 배상금을 물어 줘야 하고, 우리 땅은 전부 외국 군대가 점령하고 있고, 외국 기업에서 사라고 하는 것들은 농산물부터 미사일까지 죄다 사들여야 하고, 우리가 낸 세금은 전부 외국 강대국들을 위해 쓰고 있습니다. 우리 국민들은 경제도 바닥나고 생활도 바닥나고 자존심도 바닥나고 있는데. 노인들은 늙어 죽을 때까지 고물들을 주우면서 살아야 하고, 청소년들의 꿈은 죄다 공무원 연예인 아니면 미국 시민권자입니다. 세상은 점점 미쳐 가고 있어요. 제정신이 아닌 사람들은 늘어나고 있다고요. 바로 이럴 때, 국민들은 크게 세 분류로 나뉩니다. 협력자 반역자 그리고 아무것도 모르는 대중들. 그 아무것도 모르는 대중을 협력자로 만들어서 저희 당으로 끌어들이면 됩니다.

히틀러 그렇지, 나이스. 그 아무것도 모르는 자들을 포섭해야 해. 그런데 대부분 똑같이 일해서 똑같이 나누자는 사회주의 공산당에 들어

가고 있어.

괴벨스 그거야 솔직히 저쪽이 조금 더 매력 있거든요.

히틀러 뭐가 매력적이지?

괴벨스 뭔가 공동체 같잖아요. 인간은 외롭거든요. 인간은 혼자일 때 엄청나게 외롭고 엄청나게 불안해요. 특히 요즘처럼 미래에 대한 희망이 없으면 더더욱. 이럴 때 '당신은 혼자가 아닙니다. 당신은 사회의 구성원입니다. 당신은 이 커다란 사회 속에서 함께 일하고 함께 나누며 함께 살아갈 수 있습니다'라고 말해 주니까 얼마나 좋겠어요.

히틀러 그렇지 비결은 공동체였어. 분하다. 우리가 먼저 할걸.

괴벨스 괜찮아요. 베끼면 되죠. '당신은 혼자가 아닙니다. 당신은 제국의 구성원입니다. 당신은 이 커다란 제국 속에서 함께 빼앗고 함께 나누며 함께 살아갈 수 있습니다.'

히틀러 감쪽같아! 이제는 똘똘 뭉칠 수 있나?

괴벨스 아직은 안 됩니다.

히틀러 왜?

괴벨스 그 아무것도 모르는 대중을 관리할 수 있는 관리자들이 필요합니다.

히틀러 누구!

괴벨스 지금 우리 독일엔 국가에서 외면당하고 있는 비극의 주인공들이 늘어나고 있습니다. 실업자, 참전용사, 그리고 저 같은 고학력 백수들. 이 사람들은 분노하고, 분노를 풀 대상을 찾고 있습니다. 그 대상을 찾아주면 됩니다.

히틀러 어떻게!

괴벨스 공공의 적을 만들어 줘야 하죠. 이 사람들이 분노하고 증오할 수 있는, 분노와 증오야말로 국민들을 열광시키는 힘이 있거든요! 자!

그럼 공공의 적으로 누가 되면 좋을까요. 아이씨…. 유태인이요!

히틀러 유태인?

괴벨스 지금 우리 독일인들은 유태인에 대해서 엄청난 적대감을 가지고 있어요. 유태인들은 돈이 많이 있으면서도 전쟁 배상금은 한 푼도 내고 있지 않거든요. 그래서 우리 순수 독일민족들이 더욱더 힘들어지는 거라고요.

히틀러 그렇지 유태인! 내가 깜빵에서 쓴 책 '나의 투쟁'에 왜 유태인 놈들이 나쁜 놈들인지 수백 페이지에 걸쳐 상세하게 나와 있네.

괴벨스 그럼 메모하세요.

히틀러 뭐?

괴벨스 메모하세요!

M 브릿지1 우리가 타도할 #7

괴벨스 우리가 타도할 대상은 더도 말고 덜도 말고 딱 하나! 유태인들이다. 유태인들이 독일의 거의 모든 기업과 공장과 주식을 소유하고 있다. 자본가는 곧 유태인이다. 그뿐인가. 공산당 선언을 쓴 칼 마르크스도 유태인이다. 그뿐인가? 예수를 십자가에 못 박은 놈들도 유태인 랍비들이다. 자본가로 살아가는 인간들도 유태인이고 사회주의자로 살아가는 인간들도 유태인이고 종교를 지배한 놈들도 유태인이다. 가장 극단적인 시스템을 만든 세 부류가 모두 유태인이다. 유태인은 곧 인류의 재앙이다. 독일 국민들이여! 타도 유태인의 깃발 아래 뭉치자!

히틀러 최고야! 나이스, 나이스! 근데 자넨 도대체 뭐 하는 놈이야?

괴벨스 저는 시를 씁니다. 소설도 쓰고, 연극 대본도 쓰고….

히틀러 어쩐지 자넨 예술가였어.

괴벨스 예술을 인정해 주시는군요.

히틀러 그럼. 나도 화가 출신이거든. 근데 아무도 내 그림을 사 주지 않았지. 평론가들이 추천해 주는 그림만 잘 팔리고 그래서 내가 이렇게 된 거야. 다 엎어 버릴 거야! 베를린 전체를 내 그림으로 내 동상으로 뒤엎을 거야. 내 그림으로 내 예술로 세상을 바꿀 거야.

괴벨스 세상 전체를 무대로 삼겠습니다. 나치당을 중심으로 최고의 연극을 만들겠어요. 물론 주인공은 당신이시죠.

히틀러 자넨 내가 만난 놈 중에 나랑 제일 잘 맞아.

괴벨스 제가 지금까지 만난 분 중에서 유일하게 저를 인정해 주신 분이시니까요.
당신이 위대한 업적을 이루는 데 제가 힘을 실어 드리겠습니다.
그러려면 최고의 스태프들이 필요해요.

히틀러 걱정하지 마. 우리 당이랑 친한 예술가들이 많이 있으니까.

괴벨스 우선 나치당 전용 예술극장이 필요합니다.

히틀러 새로 하나 짓자고. 예술적으로, 건축가 알베르트 슈페어!

괴벨스 좋습니다. 그다음엔 의상 디자이너!

히틀러 휴고보스! 이번 나치군복도 휴고보스가 해 주기로 했어!

괴벨스 좋아요. 행진할 때 쓰이는 음악도 예술적으로! (M 브릿지2 음악도 예술적으로! #8) 말보다는 음악이 힘 있거든요.
음악으로 독일의 위대함을 일깨우고 공동체 의식을 심어 주는 겁니다.
음악으로 대중들을 환상 속으로 몰아넣는 거예요.

히틀러 푸르트 뱅글로! 내 생일 축하곡을 지휘한 푸르트 뱅글로!

괴벨스 포스터를 만들고, 무조건 홍보하는 겁니다.
그럼, 사람들은 뭔가 대단하다고 생각할 거예요.
정보가 많으면 많을수록 사람들은 최면에 빠지게 돼 있습니다.

당신을 선전하겠어요. 당신을 홍보하겠어요.

히틀러 홍보차량! 폭스바겐! 천재과학자 페르디난드 포르쉐!

괴벨스 포르쉐까지! 정말 이 사람들 다 아세요?

히틀러 아니, 몰라.

괴벨스 예?

히틀러 이제 차차 알게 되겠지. 이런 씨발. 이제 세상은 우리 거야!

암전

장면5 극중극 방랑자

히틀러 바쁜가?

괴벨스 아닙니다. 이거 제가 쓴 희곡 방랑자입니다. 나치의 모든 사상을 이 연극 안에 녹였어요.

히틀러 브레히트도 공산당 사상의 연극을 한다고 하던데….

괴벨스 시발, 알고 있습니다.

히틀러 브레히트보다 더 성공할 수 있겠나?

괴벨스 브레히트! 같은 선생 밑에서 희곡을 공부한 적 있죠.
생각은 똑같았습니다.
호소력 짙고 흥미롭게, 관객들이 귀 기울이는 연극을 만들자.
근데 그게 어디 말처럼 쉬운 일인가요?
브레히트 연극에서 관객이 다 졸았다고 하더군요.
노동자들의 열악한 환경 문제를 제기하는 새로운 형식의 연극을 했다는데 흥미를 끌지 못했어요. 지루했나 봐요.
그래서 저는 갈등 구조를 넣어 봤습니다. 관객이 졸지 못하도록.

히틀러 어떤 갈등을 주었지?

괴벨스 공산당과, 유태인!

히틀러 유태인 나이스! 근데, 어떻게?

괴벨스 그건 보시면 압니다.
어렸을 때 목사님한테 받았던 영감을 살짝 인용했습니다. 그럼 지금 시작하겠습니다.

히틀러 잘 부탁하네. 객석에서 응원하겠네.

괴벨스, 주인공이 되어

독백을 연기한다.

E 바람 소리 #9 M 연극 시작 음악 #10

괴벨스 여기! 독일민족 앞에 나타난 메시아가 있도다! 존재하는 메시아다. 모두 이 존재하는 메시아 앞에서 눈물 흘리고 기적을 구하라! 여기! 콧수염이 있도다! 존재하는 콧수염이다! 떨어지지 않는 콧수염이다! 빗을 수 있는 콧수염이다! 콧수염은 빳빳하다! 콧수염은 따갑다! 콧수염은 정렬되어 있다! 모두 이 콧수염 앞에서 눈물 흘리고 기적을 구하라! 여기 독일 민족의 운명을 건 콧수염 메시아가 있도다! 모두들 이 콧수염 메시아 앞에서 눈물 흘리고 기도하고, 기도하고 또 기도하라!

이때, 젊은 사회당원이

칼을 들고

무대 위로 뛰어든다.

젊사 이런 가짜 메시아 새끼! 파시스트 새끼들!

괴벨스 야 이 멍청한 놈아. 메시아는 내가 아니라 바로 저 콧수염님이시다! 그리고 우린 파시스트가 아니고 나치야. 가만, 근데 갑자기 나타난 넌 대체 누구냐?

젊사 세상 무서운지 모르는 용감한 사회주의자다!

괴벨스 용감한 걸 보니 위험한 놈이군!

젊사 7천만 민중의 염원이 담긴 정의의 낫과 망치를 받아라! 레닌 만세! 마오쩌둥 만세!

M 좀비 1번 # 11

괴벨스 빵!

괴벨스 권총을 쏜다. 사회당원, 쓰러진다.

사회당원, 비틀거리며 일어난다.

괴벨스 뭐야 너 왜 죽지 않는 거야!

젊사 사회주의자는 현실에서 쓰러질지언정 연극에서는 절대 쓰러지지 않는다.

사회당원, 칼을 들고 괴벨스에게 다가간다.

괴벨스 잠깐, 너 자꾸 왜 나한테 다가오는 거야?

젊사 널 찌르려고.

괴벨스 야 이 나쁜 놈! 나는 예술가야! 나를 찌르면 너는 예술을 찌르는 거야!

젊사 이따위 나쁜 예술은 얼마든지 찔러도 돼. 활활 태워 버려야 해. 스탈린 동지도 마오쩌둥 동지도 나쁜 예술들을 모두 태워 버렸지.

괴벨스 뭐? 나쁜 예술?

젊사 사회주의의 가치에 반하는 예술. 민중들에게 말도 안 되는 국가주의나 민족주의를 전파하는 예술들이 나쁜 예술들이다.

괴벨스 이상해. 그건 우리한텐 좋은 예술이야.

젊사 당연하지. 너희는 나쁜 놈들이니까. 나쁜 놈들이 만드는 나쁜 예술들을 모조리 태워 버리겠다.

괴벨스 너 지금 날 검열하는 거냐?

젊사 이건 검열이 아니라 심판이다! 좋은 예술이 승리하기 위한 심판!

괴벨스 뭐? 좋은 예술?

젊사 이 자식이 좋은 예술을 모르는군! 그렇다면 브레히트가 쓴 '살아 남은 자의 슬픔'을 읽어 주지.

괴벨스 안 돼. 읽지 마!

젊사 읽을 거야!

괴벨스 읽지 마!

젊사 읽을 거야!

괴벨스 제발 그건 읽지 마!

젊사 읽을 거야!

괴벨스 그건 읽으면 안 돼!

젊사 살아남은 자의 슬픔

베르톨트 브레히트

물론 나는 알고 있다.

오직 운이 좋았던 덕택에

나는 그 많은 친구들보다 오래 살아남았다

그러나 지난밤 꿈속에서 슬픈 친구들이

나에 대하여 이야기하는 소리가 들려왔다

"강한 자는 살아남는다"

그러자 나는 자신이 미워졌다

괴벨스, 시를 빼앗아서

찢어 버린다.

괴벨스 미워진다! 듣는 내내 저 새끼가 미워진다! 이건 나쁜 예술이야! 확실히 깨달았다.

아! 분서를 해야겠다. 브레히트 시는 모조리 태워 버려야겠다는 확신을 주는구나! 고맙다.

젊사 지금 시를 검열하는 거냐?

괴벨스 야 이 멍청한 놈아! 이건 검열이 아니라 심판이다. 좋은 예술이 승리하기 위한 심판.

젊사 이런 비겁한 놈. 내 말을 바로 카피하다니!

젊사, 괴벨스를 공격한다.

괴벨스 야 이 비겁한 놈! 난 다리가 불편해!

젊사 나는 간이 안 좋다. 술을 하도 많이 마셔서.

괴벨스 그럼 술 한잔할래?

젊사 응! 사회주의는 술을 존나 좋아해~ 술 어딨어?

괴벨스 자 여기 있어 마셔! 앉아서 마셔! 잠깐 근데 넌 왜 같은 독일인을 공격하는 거냐?

젊사 뭐? 야 무슨 말이야, 나는 유태인인데.

괴벨스 뭐? 유태인?

젊사 어 그래 왜?

괴벨스 너 이 새끼 어쩐지 정의롭다 했더니 유태인이었구나.

젊사 무슨 소리야. 유태인이라서 정의로운 게 아니라 정의로운데 우연히 유태인이었을 뿐이야.

괴벨스 안 돼! 음모다! 독일인을 없애려는 술 취한 유태인의 거대한 음모다!

젊사 비겁하다! 나를 핏줄로 엮지 말라! 한 사람으로 봐 달라!

괴벨스 사람 살려! 유태인이 독일인을 공격한다! 유태인이 장애인을 공격한다!

젊사 야 이 새꺄! 자꾸 유태인 걸고넘어질래? 야, 그럼 널 공격하는 독일인 사회주의자들은 뭐라고 설명할 거야?

괴벨스 그건 아마 순수 독일인이 아닐 거야. 아버지의 아버지의 아버지의 아버지, 어머니의 어머니의 어머니의 어머니까지. 모조리 조사해 보면 분명 유태인의 피가 흐를 거다.

젊사 와, 이 씹새끼. 야 그렇게 따지면 남의 피 안 섞인 민족이 어딨어? 원래 인류는 잡탕이야. 단일민족이란 말도 다 가짜야 새꺄. 가족에 너무 매여 살지 마.

괴벨스 잠깐! 너 지금 너의 존재가 있게 해준 가족을 부정하는 거야?

젊사 무슨 말이야? 난 가족을 사랑해.

괴벨스 가족을 사랑한다는 말은 국가는 사랑하지 않는다는 말이야?

젊사 무슨 말이야? 난 국가를 사랑해.

괴벨스 국가를 사랑하는 놈이 어떻게 국가를 부정하는 사회주의자가 됐어?

젊사 아 무슨 말이야? 사회주의자도 국가를 사랑해. 그게 좋은 국가라면.

괴벨스 국가를 사랑한다는 말은 가족은 사랑하지 않는다는 말이야?

젊사 아 무슨 말이야? 난 가족을 사랑해.

괴벨스 가족을 사랑한다는 말은 국가는 사랑하지 않는다는 말이야?

젊사 아 무슨 말이야. 국가도 사랑해. 아 뭐가 이렇게 반복되는 거야! 대체 언제 끝나는 건데!

괴벨스 끝나지 않을 거야!

M 연극 시작 음악 #10

젊사 왜?

괴벨스 왜냐면 네가 유태인이니까.

젊사 아…. 내가 유태인이기 때문에…. 끝나지 않을 거로구나…. 그럼…. 내가 끝내야지….

젊은 사회주의자,

칼로 자신을 찌른다. 히틀러, 객석에서 박수 친다.

히틀러 쓰러졌다! 사회주의가 연극에서 쓰러졌다! 연극 만세! 메시아 만세, 콧수염 만세!

훌륭해 훌륭해! 뭐야 연극주인공께서 왜 이렇게 시무룩해?

괴벨스 이 연극만으로는 도저히 안 되겠어요. 그냥 이 안에서 우리끼리 하는 것 같잖아요.

재미 하나도 없어.

히틀러 재미있었어.

괴벨스 야 됐어, 그만해. (젊사에게) 일어나. 야 너혹시 진짜 유태인 아냐?

젊사 아닙니다 독일인입니다.

괴벨스 근데 연기를 참 잘해.

젊사 감사합니다.

괴벨스 (출연료 주며) 자, 우린 출연료 바로 지급해. 지원금 받아야 주고 뭐 그런 거 없어. 그리고 미안한데 원천징수 3.3% 뗐다.

젊사 세상에! 출연료 선지급이라니! 이런 꿈같은! 다음 작품할 때 꼭 불러주십시오! 특히 국립 할 때 꼭 좀 불러 주십시오! 전 뭐든 연기할 수 있습니다! 사람 말고 개구리도 연기할 수 있습니다! (개구리 연기하며 퇴장.)

괴벨스 보셨죠? 사는 게 저렇게 힘들어요.

어쨌든 이 연극만으론 도저히 안 되겠어요.

온 국민이 함께 분노할 수 있는 그런 계기가 필요하다고요.

히틀러 그럼 음악을 만들어 봐!
우리 나치당의 음악! 공동체 사상이 강조되게 합창으로!

괴벨스 합창을 만들면 뭐 합니까? 무슨 계기가 있어야 한다니까요?
그 노래를 부르면서 온 국민이 함께 분노하고 증오할 수 있는 그런 계기!

히틀러 음, 일리가 있는 말이야. 좀 우울해지는구만. 이탈리아 좀 다녀오겠네.

괴벨스 아니 왜 나라에 무슨 일만 생기면 외국에 나가세요?

히틀러 어허, 이 사람이 참!

히틀러 퇴장.
괴벨스, 쓸쓸하게 무대를 정리하는데
객석에서 한 젊은이가 수줍게 종이를 들고 다가온다.

베셀 저어…. 사인 좀….

괴벨스 (베셀의 등에 손바닥 자국을 찍어 준다.)

베셀 태어나서 처음으로 연극을 봤는데…. 정말 감동받았습니다…. 내 눈 앞에 실제로 사람이 나타나서…. 땀 흘리고, 침 튀기고…. 어디서 느낄 수 없었던 그…. 어떤…. 예술적 체험을 했습니다.

괴벨스 …자네 이름이 뭔가?

베셀 베셀…. 호른스트 루드뷔히 베셀입니다.

괴벨스 독일인이야?

베셀 네.

괴벨스 몇 살?

베셀 …열아홉 살입니다.

괴벨스 알았어. 가 봐.

베셀　　저…. 전 시를 조금 쓰는데요.

괴벨스　　시를? 제목은?

베셀　　깃발을 높이 올려라!

괴벨스　　디 파네 호크…. 외워?

베셀　　옙.

괴벨스　　외워 봐.

베셀　　디 파크네 호크.

괴벨스　　깃발을 높이 올려라.

베셀　　디 라이헨 페스트 게쉴로센.

괴벨스　　열을 밀집대형으로 만들어라.

베셀　　에스아 마 쉴트 .

괴벨스　　돌격대가 행진한다.

베셀　　미트루히 페스템 슈리트 .

괴벨스　　조용하고도 확고한 걸음으로.

베셀　　카메라덴 뒤 로트 프론트 운트　촌 에쉬 호젠

괴벨스　　카메라덴 뒤 로트 프론트 운트　촌 에쉬 호젠~♬

베셀　　마쉬은 임 가히스트 운 저른 라이헨밋

괴벨스　　마쉬은 임 가히스트 운 저른 라이헨밋~♬

밝다…. 독일의 미래는 밝아! 환영하네 베셀, 독일의 아들이여.

베셀　　저, 괴 선생님…. 제 노래도 무대 위에서 울려 퍼질 수 있을까요?

괴벨스, 손을 내민다.

괴벨스　　그럼. 자네의 시가 이 무대에 서게 해 주겠네. 아니 자네의 시를 노래로 만들어 독일 전체에 울려 퍼지게 해 주겠어.

베셀　　감사합니다.

괴벨스 자네 부모님은 재벌이신가?

베셀 아닙니다.

괴벨스 아이 씨, 그럼 자네 부모님은 국회의원이나 고급 공무원이신가?

베셀 아닙니다.

괴벨스 이런. 그럼 자네 부모님은 군 장교이거나 경찰 간부이신가?

베셀 아닙니다.

괴벨스 야. 너희 아버지 뭐 하셔?

베셀 저희 아버지는 목사님이십니다.

괴벨스 목사? 꺼져.

베셀 그럼 제 노래는…?

괴벨스 목사 아들은 안 돼. 그리고 너 같은 흙 포크 새끼는 울려 퍼질 수 없어. 꺼져.

베셀 뭐 이런 좆같은 나라가 다 있어. (퇴장하는 듯 했다가 등장) 아니 그럼 독일 젊은이들의 인생은 금 포크 은 포크 흙 포크로 이렇게 나누어져요? 그럼 나 같은 새낀 죽어도 안 되겠네. 씨발. (퇴장)

괴벨스 거기 서.

베셀 왜요.

괴벨스 이리 와.

베셀 왜요.

괴벨스 이리 와! 뛰어! 차렷!

이 불타는 눈동자, 이 맥박. 합격! 미안하다. 자네의 분노 지수를 측정하기 위해 테스트를 한 거야. 우린 조만간 세상을 뒤집어엎어야 하기 때문에 분노가 충만해야 하거든.

베셀 분노요? 분노만 있으면 제 노래가 울려 퍼질 수 있나요?

괴벨스 그냥 분노로는 안 돼! 상당히 분노해야 해! 분노해 봐! 네가 분노하는 모든 것들을 구체적으로 떠올리면서! 분노해 봐!

베셀 나는!

괴벨스 나는!

베셀 걸핏하면 친구 아들과 비교하는, 우리 엄마 아빠에게 분노한다.

괴벨스 그렇지! 나이스!

베셀 나는 명절 때마다 조카들 대학이랑 회사를 비교하는, 친척들한테 분노한다.

괴벨스 좀 더!

베셀 …이제 없어요.

괴벨스 야 이 새끼야. 고작 그따위 분노로 네 노래가 울려 퍼질 수 있길 바라? 내가 너만 했을 땐 분노가 하늘을 찔렀어. 분노해! 분노할 게 없으면 억지로 만들어서라도 분노해!

베셀 나는….

괴벨스 나는.

베셀 학창 시절 내내 빵셔틀을 시킨 일진 새끼들에게 분노한다!

괴벨스 그렇지. 나이스!

베셀 나는.

괴벨스 나는.

베셀 내 알바비를 떼먹은 편의점 사장에게 분노한다!

괴벨스 더!

베셀 나는.

괴벨스 나는.

베셀 게임 할 때마다 못 한다고 쌍욕을 퍼붓는 익명의 게이머 새끼들에게 분노한다!

괴벨스 더!

베셀 나는 나를 이렇게 살게 만든 국가와, 나치스에 반대하는 모든 새끼한테 분노한다! 야 이 개새끼들아, 난 루저가 아니야. 오늘부터

나 무시하는 새끼들 다 죽여 버릴 거야!

괴벨스 아름다운 분노야! 널 위대한 나치 돌격대로 임명한다! 마셔! 그리고 이걸 가지고 가서 네가 분노하는 모든 것들을 찾아내서 뽀개 버려!

M 베셀의 노래 #13

베셀 으악!

사회당원 야! 야! 야! 야 일어나 봐, 이 새끼야. 일어나 봐, 이 새끼야.
야 네가 우리 당원들 때려잡는다는 그 베셀이냐? 너 운 좋은 줄 알어. 나 네 옆집 사는데 주인 할머니가 너랑 연락 안 된다고 나보고 월세 대신 받아 오라신다, 이 새끼야. 그리고 할머니가 다음 달부터 월세 올려 달래.

베셀 얼마나?

사회당원 오만 원, 새끼야.

베셀 나는 걸핏하면 월세 올려 달라는 조물주 위의 건물주한테 분노한다!

사회당원 야, 야, 야, 야. 어설픈 분노 그만하고 빨리 월세나 내놔 이 새끼야.

베셀 너 공산당이라고 했어?

사회당원 그래 공산당은 맞는데, 오늘은 그냥 단지 월세만 받으러 왔다고. 이 새끼야.
빨리 월세 내놔.

베셀 비겁한 새끼! 주인할머니한테 잘 보여서 월세 밀려도 욕 안 먹는 새끼!

사회당원 야, 너 지금 뭐라고 그랬어?

베셀 사회주의자라면서 자본주의 사회의 월세를 받아들이는 이율배

반적인 새끼!

사회당원 와, 이 새끼가 갑자기 명치를 때리네?

베셀 진정한 사회주의자라면 돈 좀 빌려줘 새끼야! 같이 일하고 나누는 게 사회주의라면서 새끼야!

사회당원 널 뭘 믿고 돈을 빌려줘 새꺄! 그리고 나도 돈 없어. 아직 취업 못 했어.

베셀 일도 안 하고, 돈도 안 빌려주고, 주인집 할머니 하수인 노릇만 하는 새끼! 넌 사회주의가 아니야!

사회당원 그만해! 새끼야!

베셀 난 오늘부터 너를 백수주의자라 부른다!

사회당원 그만해. 그만하라고 이 새끼야!

사회당원 총 쏜다. E 총소리 한 발 # 2

베셀 나치스! 당켄!

사회당원 총 쏜다. E 총소리 한 발 # 2

M 독일 국가 # 14

괴벨스 열사다! 우리 나치당을 위해 온몸을 불사른 젊은 열사가 탄생했다! 공산당 유태인이 순수 독일민족을 위해 목숨 바치는 나치의 젊은 청년을 죽였다.
이 젊은이의 피를 외면할 것인가!
전우의 시체를 넘고 넘어! 앞으로 앞으로!

쓰러져 있는 베셀의 몸에 나치 깃발을 덮는다.

사람들 애도한다.

괴벨스 국민 여러분, 가난 속에서도 월세를 못 낸…. 죄송합니다. 가난 속에서도 민족을 사랑했던…. 베셀이 만든 시를 읊읍시다! 베셀의 노래를 만들어 순수 독일인의 영혼을 위로합시다.

영상과 함께 베셀의 노래 나온다. 사람들 베셀의 노래를 열창한다.

영상과 함께 노래 자막 나온다.

영상 베셀의 노래 나치 영상

깃발을 높이 들어라! 열을 밀집 대형으로 지어라! 돌격대가 행진한다.

조용하고도 확고한 걸음으로. 적색 전선과 반동분자에게 사살된 동지들도 영혼이 되어 우리의 대열에 동행하네. 적색 전선과 반동분자에게 사살된 동지들도 영혼이 되어 우리의 대열에 동행하네.

M 베셀의 노래2 # 15

암전

장면6 분서

히틀러와 괴벨스, 베셀의 노래를 읊조리다 목에 가래가 걸린 듯 콜록대는 괴벨스.

히틀러 훌륭해. 훌륭해. 나이스! 자네의 예술 덕분에 독일을 차지했어! 대체 그런 노래 만들 생각을 어떻게 했지?

괴벨스 그저 월세를 받으러 온 놈이 공산당이었을 뿐이에요.
근데 그렇게만 이야기하면 사람들의 흥미를 끌지 못해요.
진실보다는 약간의 거짓말이 가미되어야만 사람들이 훨씬 더 잘 믿거든요, 그게 훨씬 더 재밌기도 하고요.

히틀러 자넨 내가 아는 놈 중에 거짓말을 제일 잘해.

괴벨스 사람들은 거짓말을 처음에는 부정하고 두 번째는 의심하지만 계속해서 반복하면 결국 믿게 됩니다. 그게 바로 선전의 핵심이고요.
아, 술에 설탕 타셨어요?

히틀러 당연하지. 근데 단 걸 너무 많이 먹었더니 이가 다 썩었어!

괴벨스 걱정하지 마세요. 유태인 놈들 금이빨을 모조리 뽑아다가 제가 새로 해 넣어 드리겠습니다.

히틀러 금이빨 나이스!

한쪽에서 타자 치는 모습 보인다.

영상 1933년 1월 경축! 히틀러 독일 공화국 수상 임명!
1933년 3월 행정부의 입법권 가로채기, 사법권 통과.
의회 민주주의 소멸.

히틀러 드디어 해냈다…. 국민들이…. 스스로…. 우리를 선택했어…. 역시 국민들은 위대하다…. 국민 만세…. 나치 만세.

괴벨스 국민들이 우리한테 권력을 주었다는 것은…. 이제 우리 마음대로 해도 된다는 뜻이겠지…. 국민 여러분 고맙습니다…. 이제 제가 하고 싶은 대로 하겠습니다.

히틀러 역시! 자네는 사람을 움직이는 힘을 알아! 파울 요제프 괴벨스! 자네를 새로운 독일의 문화부 장관으로 임명한다! 국가 전체를 무대로 자네의 예술을 마음껏 펼쳐 봐! 나이스!

(히틀러 퇴장)

M 발퀴레 # 16

괴벨스 언론은 정부가 연주하는 피아노로 만들어야 한다. U/D
언론을 장악하는 자가 대중을 장악하고
대중을 장악하는 자가 권력을 장악하기 마련이니까. U/D
잠깐! 지금 당장 해야 할 일이 생겼어.

M 브릿지1 우리가 태도 # 7

괴벨스 대중 앞에서 연설한다. 단상은 드럼통 라디오가 올려져 있다.

괴벨스 국민 여러분! 우리 나치당의 예술관은 명확합니다.
도덕을 붕괴시키는 퇴폐 서적을 거부합니다.
가족, 국가, 예의, 도덕적 가치관에 여러분들의 지지가 필요합니다.
퇴폐적인 글을 써서 우리 민족 단결을 혼란시키는 작가들.

하이네, 헤밍웨이, 헬렌 켈러, 카프카, 박근형, 브레히트, 이양구, 고리키, 윤한솔 등등 가치관에 혼란을 가중하는 작가들의 작품은 모조리 불태워 버리겠습니다.
앞으로도 새로운 독일에 보탬이 되는 예술들은 아낌없이 지원해 주고 보탬이 되지 않는 예술들은 아낌없이 외면하겠습니다.

영상 1934년 5월 괴벨스 비독일적 책 분서!

작가들이 웅성거리며 몰려온다.

친위대, 들어오려는 흥분한 작가 1, 2, 3을 저지하려 한다.

괴벨스 예예예…. 들어오세요. 그렇게 흥분하지들 마시고, 여기 앉으세요. 앉아서 우리 차근하게 얘기를 한번 나눠 봅시다.

작가1 아니…. 도대체 노벨 문학상 후보가 될 뻔했던 내 작품은 왜 불태우시는 겁니까?

괴벨스 그건 당신이 노벨 문학상을 영영 못 받게 하려고요.

작가1 아니? 대체 왜 이러시는 거예요?

괴벨스 당신이 노벨 문학상을 받으면 안 되니까.

작가1 아니 전 왜 받으면 안 되는 건데요?

괴벨스 내 마음에 안 드니까!

작가3 역시 권력이 지금 우리를 검열하는 거잖아요.
아니, 국립 극단에서 올라가는 공연의 팔십 퍼센트가 외국 연출·외국 작가 아닙니까?
이것도 지금 무언의 검열을 하는 거잖아요!

괴벨스 올해는 안 그랬어!

작가3 제가 SNS를 안 해서, 죄송해요.

작가1 아니. 그러니까 지금 정부 쪽에 붙은 예술가들은 지원해 주고 정부 쪽 사상을 거스르는 예술가들은 숨통을 끊으려고 하는 거잖아요. 지금?

괴벨스 그럼 그전에는 어떻게 인정받으셨어요? 정부 편에 붙었나?

작가1 그땐 제대로 된 정권이었으니까요.

괴벨스 그러니까 당신들은 제대로 된 정권 밑에서만 제대로 된 글을 쓸 수 있는 거구나.

작가1 저기요! 우리를 너무 폄훼하지 마세요. 지금 정권이 예술을 탄압하고 있는 겁니다.

괴벨스 폄훼? 탄압이요? 탄압 안 해요. 마음껏 쓰세요. 그리고 마음껏 공연하세요. 난 당신들이 쓰고 공연하면 무조건 불태워 버리면 되니까.

작가1 아니, 이건 불법 아닙니까?

괴벨스 괜찮아요. 어차피 집행유예로 끝날 텐데.

작가2 야 이 진시황 같은 놈아!

괴벨스 넌 뭐야?

작가2 작가다. 제일 억울한 작가. 말해 봐. 왜 내 책은 안 태웠어?

괴벨스 네?

작가2 왜 내 책은 안 태웠냐고! 난 진실만을 썼는데. 태워! 어서 내 책 태워!

괴벨스 알았어요, 태워 드릴게요.

작가2 감사합니다.

괴벨스 근데 누구세요?

작가2 마리안 그라픕니다.

괴벨스 네?

작가2 데카메론 작가요.

괴벨스 데카메론? 죄송하지만 당신 책은 태워 드릴 수 없습니다. 메롱.

작가2 왜요?

괴벨스 내가 당신이 누군지 몰라요. 메롱.

작가2 제 글 아시죠?

작가3 아 됐어요. 몰라요. (무시) 자 우리 이럴 필요 없어요.

우리의 마음이 담긴 시를 저분께 읊어 주면 돼요.

괴벨스 읽지 마!

작가3 제목 「분서」

당시의 정부가 독이 되는 지식이 담긴 책을

만인이 보고 있는 앞에서 태워 버리라고 명령하고

도처에서 황소들이 책을 쌓아 올린 짐차를

활활 타오르는 장작더미 위로 끌고 갈 때

뛰어난 시인 중의 한 사람이

추방당한 어떤 시인은 소각된 책의 목록을 보다가

자기의 작품이 잊히고 있는 데에 경악하여

분노로 책상으로 뛰어가 당시의 권력자에게 편지를 썼다

나를 태워라! 라고 그는 갈겨썼다. 나를 태워라!

나에게 이런 치욕을 가하지 말라! 나를 특별 취급하지 말라

내 작품 속에서 내가 진실을 쓰지 않는 것이 있었느냐

지금 이 나를 거짓말쟁이로 취급할 것이냐

네놈들에게 명령하노니

나를 태워라!

괴벨스 정말 어마어마한 글이구나. 역시 작가는 작가야!

작가3 제가 쓴 건 아닙니다.

괴벨스 작가라는 인간이 글도 안 쓰고, 남의 글이나 외우고 다니고, 쯧쯧

쯧. 그럼 누가 쓴 건데?

작가3 브레히트 시입니다.

괴벨스 브레히트 시 모조리 찾아내서, 다 불태워 버려.

작가3 좋습니다. 권력이 아무리 책을 불사르더라도 사람들에 귓가에 익숙한 노래만은 없앨 수 없을 겁니다.

괴벨스 하이네의 음악 말인가? 로렐라이 같은?

작가3 아시는구나.

괴벨스 고마워. 잊을 뻔했는데. 지금부터 하이네의 음악은 교과서에 실을 때 작자 미상으로 실어!

작가3 여러분이 사상을 죽일 수 있다고 생각한다면 역사는 여러분에게 아무것도 가르치지 못한 것입니다. 폭군들은 전에 종종 이런 일을 시도했지만, 사상은 그들의 권력 밑에서 봉기했고, 그들을 파괴했습니다. 내 책과 유럽 최고의 정신이 담긴 사상은 이미 오랜 시간 백만 가지 통로로 스며들었고, 계속해서 계속해서 다른 사람의 가슴을 뛰게 할 것입니다

괴벨스 이야! 글 한번 시원하게 잘 쓴다!

작가3 많이 놀라셨죠? 이게 바로 펜의 힘입니다.

괴벨스 펜의 힘 좋아하네. 이건 네가 쓴 글이 아니라 헬렌 켈러 걸로 알고 있는데.

야 너 왜 자꾸 다른 작가 것만 읽어? 그것도 독일인이 아닌 작가 걸?

작가3 제가 아직 작품을 못 썼어요.

괴벨스 그게 바로 너희들의 문제야,

너희들은 두 종류의 적과 싸워야 해.

하나는 너희들에 대한 정부의 탄압. 또 하나는 너희들의 게으름.

둘 중 하나한테만 져도 너희들은 멸망할 거야.

작가3 아, 괴롭다. 난 글이나 쓰러 가야겠어.

괴벨스 잦까지 마.

작가3 뭐요?

괴벨스　　너 작가 하지 말라고.

작가2　　(작가1에게) 축하합니다. 책이 태워지신 걸.

괴벨스　　아이고 작가 하고 있네.

작가 2, 3 퇴장

작가1　　마지막으로 묻고 싶은 게 하나 있는데
　　　　왜 책을 없애는 겁니까?

괴벨스　　그건 진실이 가장 큰 국가의 적이기 때문이죠.
　　　　그리고 대중이 너무 똑똑해지면 내 말을 안 듣잖아요.

작가1　　그럼 제가 진실을 말하지 않는다면요?

괴벨스　　그건 좋은 예술이죠.

작가1　　그럼 제가 당신이 원하는 좋은 예술을 한다면. 제 책은 영원히 남을 수 있는 겁니까?

괴벨스　　그건 제가 약속드리겠습니다.

작가1　　좋습니다. 그럼 전 앞으로 좋은 예술만 쓰겠습니다.

괴벨스　　잘 생각하셨어요.

둘 악수하고 괴벨스 퇴장

작가 1, 홀로 남는다. 조명 탑이 떨어진다.

작가, 끊임없이 자기검열에 대한 독백을 중얼거린다.

작가1　　좋은 예술을 쓰자. 좋은 소설을 쓰자. 어떤 소설이 좋은 소설일까. 그래, 우리 가족에 관해 쓰자. 가족의 소중함에 대한 소설. 아! 좋다. 가만, 가족이 소중하단 얘기는 조국이 소중하지 않느냐는 얘기냐고 물어보면 어쩌지? 그래, 조국을 소중하게 생각하는 가족의 소중함에 대한 소설을 쓰자. 아! 좋다! 가만, 우리 아버지는 독일인이고 어머니는 프랑스인인데 어떤 조국을 소중하게 생각하는 거냐고 물으면 어쩌지? 그래, 아버지랑 어머니가 서로 자기 조국이 더 소중하다고 부부싸움을 하다가 결국 아버지가 승리해서 가족 모두가 독일을 소중하게 여기기로 합의를 본 소설을 쓰자. 아 이런, 할아버지는 폴란드 사람이었어. 그래, 아버지랑 어머니가 서로 자기 조국이 더 소중하다고 부부싸움을 하다가 결국 아버지가 승리해서 가족 모두가 독일을 소중하게 여기기로 합의를 보고 있는 와중에 할아버지가 폴란드 얘기를 꺼내서 아버지가 할아버지를 때려서 물리치는, 안 돼! 이건 패륜이야! 할머니가 할아버지를 때려서, 안 돼! 할머니는 유태인이야! 그럼 스스로 할복을, 안 돼! 그건 일본문화야! 모르겠어! 하나도 모르겠어! 유럽 족보 왜 이렇게 복잡해 시발! 한국처럼 단일민족이면 좋겠어! 시발! 가만, 근데 한국이 단일민족 맞아?

작가1, 쓸쓸하게 다시 주저앉아서

M 작가1 독백음악 # 17

작가1 그들이 공산주의자들을 덮쳤을 때
나는 아무 말도 하지 않았다. 나는 공산주의자가 아니었기에
그들이 사회민주당원들을 가두었을 때
나는 침묵했다. 나는 사회민주당원이 아니었기에
그들이 노동조합원에게 왔을 때
나는 아무 말도 하지 않았다.

나는 노동조합원이 아니었기에
그들이 유태인을 덮쳤을 때
나는 침묵했다. 나는 유태인이 아니었기 때문이다
그들이 나에게 왔을 때
그땐 더 이상 나를 위해 말해 줄 이가
아무도 남아 있지 않았다고 누군가 말했다.
나에게 지금 아무도 남아 있지 않다.

작가 장면 후 암전

영상 1934년 6월 대 숙청! 긴 칼의 밤 히틀러에 반대하는 자 싹 다 죽여 버리자.
1934년 8월 힌덴부르크 대통령 노환으로 서거!
1934년 8월 히틀러 총통으로 임명
1939년 9월 폴란드 침공. 2차 대전의 시작

괴벨스 영국 놈들이 우리 독일민족에 항복하라고 지껄이고 있습니다!
위대한 국민들께 묻겠습니다. 우리 독일 민족이 영국 놈들에게 항복하고 지길 원합니까! 독일 국민들이여! 총력전을 통해 우리의 위대함을 보여 줘야 합니다!
필요하다면 지금까지 인류가 보았던 총력전보다 더 과격한 총력전으로 영국 놈들이 다시는 우리 민족을 넘보지 못하게 해야 합니다!
전쟁을 행하는 우리 군대의 단호한 결정을 지지하고 불운이 오더라도 승리가 우리의 것이 될 때까지 총통을 따릅시다! 국민들이여! 승리를 위해 우리의 힘겨운 싸움을 받아들이고 총통을 따를 것을 결심하십시오! 총통이시여 지휘하십시오!
우리는 당신을 따를 것입니다.

S 전쟁 소리(지구본 빵 터지면) # 1

유태인을 계속해서 죽이고

좌파를 죽이고

동성애자를 죽이고

장애인을 죽이고

죽이고 죽이고 죽이고 죽이고

2차대전 영상 흐른다

괴벨스 마지막 탑에 선다.

E 빗소리 #18

괴벨스 명심해라. 기억해라. 그리고 절대 잊지 마라.
사람들은 거짓말을 처음에는 부정하고 두 번째는 의심하지만
계속해서 반복하면 결국 믿게 된다.
사람들이 거짓말을 믿게 하려면 국가가 모든 권력을 가지고 있어야 한다.
그러므로 국가에 반대 의견들을 억압하는 것이 가장 중요한 것이다.
진실은 거짓의 원수다.
그러므로 진실은 국가의 가장 큰 적이다.
국민들이 국가가 원하는 이념에 빠져들게 하려면
그렇게 하면 대중들은 방관자가 되거나 어리석어 결국은 국가의 이념에 빠져들게 되는 것이다.

S 전쟁 소리 # 1

친위대 명령을 내려 주십시오.

괴벨스 깊게 생각할 필요가 뭐가 있어.
우리의 위대한 이념이 다 무너지고 있는데.
나는 총통을 따라가겠네. 내가 죽으면 나 또한 불태워 주게.

친위대 그럼 장관님의 아이들은?
아이들? 내 아이들? 내 선택에 달렸지. 아이들이 무엇을 알겠어? 그냥 잠든 채로 죽으면 그만이지. 어쩌겠나…. 세상은 어른들의 결정에 달린 것을.
나에게 잠시 시간을 주겠나? 총소리가 울리면 들어와서 날 불태워주게.

친위대 첫 장면과 같이 나간다.

괴벨스 낙인. 낙인.
너희들이 찍은 낙인이
나를 괴물로 만들었고,
난 보란 듯이 너희들한테 복수했다.
그래, 이젠 모든 걸 끝내야 할 시간이 왔구나.
국가라는 극장에서 후회 없는 연극을 했다.
명심해라. 기억해라. 그리고 절대 잊지 마라. 너희들이 계속해서 방관자로 남는다면 내 언젠간 다시 태어나! 너희들의 게으름에 철퇴를 내릴 것이야!

E 총소리 1발 # 2 / M 엔딩 음악 # 19

커튼콜

M 베셀의 노래 1 # 13

-막-

전선의 고향

등장인물

갑돌

을식

병칠

정정

무남

기갈

경색

장소

전쟁터의 한복판.

가만히 둘러보면 아름다운 들판.

가까이 마을이 있는.

#1

전선.

돌격이 시작되기 직전.

갑돌이와 을식이가

서로에게

격렬하게 외친다.

갑돌 친구야! 우린 친구지?

을식 그래! 우린 친구야! 우린 같이 전쟁터에 끌려왔고, 같이 전쟁터에서 싸우고 있으니까!

갑돌 친구야! 이번이 몇 번째 돌격이지?

을식 모르겠어 친구야! 난 열 개 다음은 셀 수가 없어! 난 못 배웠어 친구야!

갑돌 난 좀 배웠어 친구야! 스무 개까지는 셀 수 있어 친구야! 그럼 스무 번은 넘었구나 돌격이! 우리 이번에도 살아남을 수 있을까? 돌격이 끝나고 눈을 뜰 수 있을까?

을식 친구야! 우리 약속은 잊지 않았지! 우리 둘 중에 누가 먼저 눈을 감으면, 눈을 안 감은 사람이 눈을 감은 사람의 몸뚱이를 수습해서 묻어 주는 거야! 그 사람의 물건들을 수습해서 고향의 어머니에게 가져다주는 거야! 왜냐고? 우린 친구니까!

갑돌 그래! 우린 친구니까! 반드시 반드시 수습해 주는 거야! 그럼 친구야! 돌격이다!

을식 돌격이다!

갑돌과 을식
눈을 질끈 감고
돌격한다.

치열한 전쟁음과 함께
날은 점점 어두워지고

한동안의 침묵.

#2

잠시 후

날이 밝아 온다.

갑돌은 눈을 뜬 채로

을식은 눈을 감은 채로

누워 있다.

갑돌 돌격이 끝났어 친구야. 난 눈을 뜨고 있어. 해가 떠오르는 게 보여. 눈부셔. 아주 눈부셔. 살았어. 또 살았어. 같이 보고 있는 거지 친구야?

을식 …안 보여. 안 보여 친구야. 난 그냥 캄캄해. 난 눈을 감은 것 같아. 미안해 친구야.

잠시 정적.

갑돌 넌 군대에서 만난 최고의 친구였어. 너를 평생 기억할게. 너의 몸뚱이를 수습해서 해가 잘 비추는 곳에 묻어 줄게. 너의 물건들을 수습해서 너의 고향으로 가져갈게. 너의 어머니에게 아드님은 용감하게 싸우다 눈을 감았다고 말해 줄게.

을식 우리 어머니의 동치미 국물은 최고야. 한 사발 들이켜면 머리가 찡해져. 잡생각이 다 사라져. 내 몫까지 꼭 먹어 줘. 친구야.

갑돌 꼭 먹을게. 두 그릇 먹을게.

을식 그럼 이제, 내 몸뚱이를 좀 수습해 줄래? 남들 볼까 부끄러워.

갑돌 그래 친구야. 이제 슬슬 수습할게.

갑돌, 전선을 둘러보며

을식의 몸뚱이를 찾는다.

갑돌 모두가 눈을 감았어. 나만 살았어. 끔찍해. 너무 끔찍해. 너무 끔찍해서 보고 있기가 힘들어.

을식 나를 수습하는 것만 아니면 뒤도 안 돌아보고 떠날 수 있었을 텐데, 미안해 친구야. 나만 눈을 감고 있자니 좀 면목이 없어.

갑돌 무슨 소리. 내가 눈을 감았어도 똑같이 했을 거잖아. 이 끔찍한 것들을 보면서 나를 찾았을 거잖아.

을식 눈감은 김에 솔직히 얘기하자면, 자신이 없어. 어쩌면 눈을 뜨자마자 뒤도 안 돌아보고 도망쳤을지도 몰라. 너를 여기 내버려 두고 말이야. 넌 역시 대단해. 용감해. 우정이 넘쳐.

갑돌 넌 역시 남의 장점을 잘 봐 주는구나. 우리는 역시 최고의 친구야. 근데 친구야. 이상하네. 네 몸뚱이가 안 보여. 구체적으로 말하면 다 섞여 있어. 너도 여기저기 섞여 있나 봐. 아까 하늘에서 포탄이 떨어져서 그런가 봐. 끔찍해. 너무 끔찍해. 하지만 걱정 마. 내가 기억하고 있으니까. 하나하나 만져 보면 느낌이 올 거야. 걱정 마 친구.

갑돌, 을식의 몸 조각들을 찾는데

을식, 주저리주저리

을식 아 그게 포탄이었구나. 정신없이 이리저리 뒹굴면서 싸우다가 바닥에 내동댕이쳐졌어. 눕고 나서 알았어. 여기가 들판이라는 걸.

풀들이 촉촉하고 푹신푹신했어. 너무 편해서 일어나기 싫었어. 에이 될 대로 되라 하고 하늘을 보는데 시커먼 게 천천히 내려오더라고. 그 시커먼 게 머리 위로 떨어지는데 다들 앞만 보고 싸우느라 아무도 모르더라고. 그 모습이 너무 웃겨서 웃음이 나왔어. 그 시커먼 게 땅에 떨어질 때까지 계속 웃었어. 그렇게 웃는데 갑자기 눈앞이 번쩍하더니 아침처럼 밝아지더라고. 사람들 얼굴이 다 보였어. 아 다들 저렇게 생겼었구나. 다들 잘생겼구나. 그리고 다시 깜깜해졌어. 그 얼굴들은 지금, 잘생기게 보이진 않겠지? 다 망가졌지?

그 와중에

갑돌, 을식의 몸 조각들을 찾은 듯.

갑돌 친구야. 내가 좀 찾았어. 만지자마자 느낌이 오더라구. 이 팔뚝, 이 팔뚝이 너 맞지? 너는 군대에 오기 전에 나무꾼이었잖아. 그래서 팔뚝이 굵잖아.

을식 맞아. 그 팔뚝 내 팔뚝이야. 고마워 친구야.

갑돌 이 다리통, 이 다리통이 너 맞지? 지난달에 총을 맞아서 수술했었잖아. 군의관이 대충 째고 대충 꿰매서 수술 자국이 컸었잖아.

을식 맞아. 그 다리통 내 다리통이야. 고마워 친구야.

갑돌 거의 다 찾았어. 새가슴이었던 네 가슴통, 평발이었던 네 발바닥, 도끼를 잡아서 내 얼굴만큼 컸던 네 손바닥.

을식 와! 이제 곧 묻힐 수 있겠네! 제대로 눈을 감을 수 있겠어! 고마워 친구야!

갑돌 …근데, 가장 중요한 얼굴이 안 보여 친구야.

을식 힘들면 안 찾아줘도 돼. 그 정도만 찾아준 것도 어디야.

갑돌 아냐. 얼굴이 없으면 제대로 눈을 감았다고 할 수가 없지. 눈은 얼굴에 있으니까.

을식 와, 그거 웃긴다. 너는 어쩜 그렇게 농담도 잘하지?

갑돌 걱정 마. 얼굴을 꼭 찾아줄게. 조금 멀리 있거나 조금 깊이 있겠지, 뭐. 시간이 해결해 줄 거야.

을식 쉬엄쉬엄해. 담배도 펴 가면서. 내 발목의 양말 속에 담배 몇 개비가 있어. 안 피고 모은 거야.

갑돌 와, 신난다. 너는 어쩜 그렇게 알뜰하지?

갑돌, 을식의 발목에서

담배를 꺼낸다.

담배를 맛나게 피면서

숨을 돌린다.

갑돌 이번에도 같이 살아서, 같이 담배를 피웠으면 좋았을 텐데. 넌 또 노래를 불렀겠지. 어릴 때 학교에서 배웠다는 노래 있잖아.

잠시 후

을식,

<동그라미>를 부른다.

동그라미 그리려다

무심코 그린 얼굴

내 마음 따라 올라갔던

하얀 그때 꿈을

풀잎에 연 이슬처럼

빛나던 눈동자

동그랗게 동그랗게

맴돌다 가는 얼굴

갑돌, 그 노래를 같이 흥얼거리며

맛나게 담배를 피운다.

#3

그런데 갑자기

저 멀리서

적군 병사인

병칠이 나타난다.

눈을 질끈 감고

벌벌 떨면서

총을 겨눈 채로.

갑돌 …적군, 적군이야. 어떡하지? 어떡하지 친구야?

을식 누워. 누워서 눈 감아. 죽은 척해. 모두 죽었다고 생각되면 지나갈 거야.

갑돌 와, 넌 어쩜 그리 지혜롭지.

갑돌, 을식의 옆에 누워서

눈을 감는다.

병칠, 시신들을

한동안 바라보다가.

병칠 …용서, 용서를 좀, 꼭 좀 용서를 좀.

병칠, 시신들 한 구 한 구마다

총을 한 방씩 쏘기 시작한다.

확인사살을 하는 듯.

병칠 …부처님, 예수님, 공자님, 마호메트님, 원효대사님…

갑돌 총, 총을 쏴. 확인사살인가 봐. 어떡하지? 어떡해 친구야?

을식 나도 한 방 맞았어. 아프지는 않네. 신기하다.

갑돌 난 아플 거야. 엄청 아플 거야. 내 차례가 오고 있어. 어떡하지? 어떡하지?

을식 전투 교본대로 해야 되지 않을까. 공격당하기 전에 반격하는 거 말이야.

갑돌 아 맞다. 우리한테는 교본이 있었어. 공격당하기 전에 반격하면 돼.

을식 잠깐, 바로 일어나지 마. 항상 적의 허를 찔러야 한다고 교본에 나와 있잖아.

갑돌 그렇구나. 지금 일어나면 허를 찌르는 게 아니지. 죽은 듯이 누워 있다가 저 녀석이 내 앞으로 오면 그때 벌떡 일어나야지. 그리고 총을 뺏어서 쏘는 거야.

을식 망설이면 안 돼. 망설이면 안 된다고 교본에 나와 있으니까. 망설이지 말고 벌떡 일어나서 망설이지 말고 총을 뺏은 다음 망설이지 말고 총을 쏴야 해.

갑돌 그래, 망설이면 안 돼. 망설이면 안 돼. 부처님, 예수님, 공자님, 마호메트님, 원효대사님…

병칠은

부처님 예수님을 찾으며 다가오고

갑돌은

부처님 예수님을 찾으며 기다린다.

마침내

병칠, 갑돌 앞에 선다.

병칠, 총을 겨누며

병칠 …용서, 용서를 좀, 꼭 좀 용서를 좀

갑돌 …나도 용서, 용서를 좀, 꼭 좀 용서를 좀

병칠 …응?

갑돌, 벌떡 일어나서

병칠에게 달려든다.

서로 총을 뺏으려고

이리저리 뒹굴며 난투를 벌인다.

둘 다 평범하기에

상당히 팽팽하다.

갑돌 아아! 팽팽해! 너무 팽팽해! 이기기가 힘들어 친구!

을식 이길 수 있어! 내가 응원하고 있어! 저 녀석은 아무도 응원해 주지 않잖아!

갑돌 그렇구나! 난 응원을 받으면서 싸우는구나! 이길 수 있다!

갑돌, 병칠을 제압하고

총을 빼앗는다.

총을 겨눈다.

눈을 질끈 감은 채로

갑돌 누군지는 모르지만 미안해. 망설이면 안 되니까 그냥 쏠게. 미안해.

병칠 …잠깐, 잠깐만, 혹시.

갑돌 말 걸지 마. 말을 걸면 망설여져. 미안해. 쏠게.

병칠 아니, 아니 혹시. 혹시 우리.

갑돌 말 걸지 마! 말 걸지 마! 난 약속을 했어! 친구를 수습해야 해! 적군을 살려 두면 수습이 안 돼! 친구를 수습하기 위해 너를 쏠 수밖에 없어! 미안해!

병칠 아니, 그게 아니라 너, 잠깐 눈 떠 봐.

갑돌 미안해!

병칠 눈 떠 봐! 눈 떠 봐!

갑돌 미안해에에에에에에!

갑돌, 눈을 질끈 감은 채로

병칠을 쏜다.

갑돌 …쐈어, 적군을 쐈어, 친구.

을식 나 때문에 미안해, 친구. 이제 눈 떠도 돼.

갑돌, 천천히 눈을 뜨고

병칠을 바라보는데.

갑돌 어? 친구야?

병칠 오랜만이다 친구야.

갑돌 너였어? 이런, 이런.

병칠 그러게 눈 좀 뜨라니까.

갑돌 너, 너 왜 마을에 안 있고, 왜 여기서 적군 군복을 입고? 너는 군대가 마을에 왔을 때 안 걸렸잖아. 너희 어머니가 집 뒤의 땅속에 굴 파서 잘 숨겨 주셨다던데.

병칠 그랬지. 너 끌려간 뒤에 굴에서 나왔는데, 나오자마자 다른 군대가 마을에 오더라고.

갑돌 아, 아 이거, 아 이거이거, 이걸 어쩌지.

병칠 어쩔 수 없지. 눈 감아야지 뭐. 어쩌면 다행이야. 얼굴 모르는 적군이었으면 뒤도 안 돌아보고 가 버렸을 텐데, 넌 나를 수습해 줄 거잖아. 친구니까.

갑돌 당연하지. 난 친구니까.

병칠 그럼 잘 수습해 줘. 내 몸뚱이를 잘 묻어 주고, 내 물건들을 어머니한테 가져다줘. 내가 용감하게 싸우다가 눈을 감았다고 말해 줘. 너 때문에 감았다고 하면 안 돼. 어머니가 너를 미워하실 테니까. 맨 앞에서 돌격하다가 눈을 감았다고 해 줘. 그런 다음 어머니가 해 주는 김치전을 꼭 먹고 가도록 해. 너도 알지? 어머니 김치전은 둘이 먹다가 하나가 죽어도 모르는 거.

갑돌 벌써부터 침이 고이네. 꼭 먹을게. 네 몫까지 두 장 먹을게.

을식 친구야. 나도 이분 좀 소개해 줘.

갑돌 아, 서로 인사해. 이쪽은 내 군대 친구, 이쪽은 내 고향 친구.

을식 처음 뵙겠습니다. 잘생기셨네요.

병칠 처음 뵙겠습니다. 잘생기신 줄은 모르겠어요. 얼굴이 없어서.

을식 이 친구가 찾고 있어요. 반드시 찾아서 수습해 주기로 했어요. 그

때 평가해 주세요.

갑돌 그럼 그럼. 내가 반드시 너희 둘을 잘 수습해 줄게.

병칠 이왕이면 나란히 묻어 줘도 좋겠네. 말동무를 할 수 있으니까.

을식 그거 좋네. 제가 받은 훈장이 두 개 있는데 하나 드릴까요? 저 친구랑 돌격을 해서 받은 거예요. 저 친구가 고향 어머니한테 가져다드리면 좋아하실 거예요.

병칠 고마워요. 이 은혜를 어떻게 갚죠?

을식 제사 음식 거하게 오면 그때 갚으세요. 그럼 우리 말 놓을까 친구?

병칠 그러자 친구.

갑돌 와, 셋 다 친구가 되니까 좋다. 그럼 친구들, 얘기 나누고 있어. 내가 친구들을 나란히 묻어 줄게.

갑돌, 을식과 병칠을 위해

나란히 땅을 판다.

을식과 병칠,

즐겁게 기다리며

<석별의 정>을 부른다.

오랫동안 사귀었던

정든 내 친구여

작별일랑 웬 말인가

가야만 하는가

어디 간들 잊으리오

두터운 우리 정

다시 만날 그날 위해

노래를 부르자

#4

갑돌,

마침내 땅을 다 팠다.

갑돌 친구들! 친구들이 묻힐 곳을 다 팠어! 흙이 아주 부드럽고 좋아! 햇볕도 잘 비출 것 같아! 틀림없어, 여긴 명당이야!

을식 이야, 내가 명당에 묻히게 될 줄이야!

병칠 역시 친구를 잘 만나야 해! 그래야 명당에 묻히지!

갑돌 자아, 그럼 누가 어디에 묻힐지 골라.

을식 친구, 먼저 골라.

병칠 아냐, 먼저 골라.

을식 난 괜찮아. 먼저 골라.

병칠 난 정말 괜찮아. 먼저 골라.

갑돌 이야, 둘이 벌써 이렇게 친해졌네.

세 친구가

웃음꽃이 피는데

멀리서

노인과 젊은이가 부르는

<클레멘타인>이 들려온다.

넓고 넓은 바닷가에

오막살이 집 한 채

고기 잡는 아버지와

철모르는 딸 있네.

내 사랑아 내 사랑아

나의 사랑 클레멘타인

늙은 아비 혼자 두고

영영 어딜 갔느냐

갑돌 누구지? 이번엔 또 누구지?

을식 누워, 이번에도 일단 누워. 누워서 반격을 준비해 친구.

병칠 아, 내가 왔을 때도 이렇게 했었구나.

갑돌, 다시 눕는다.

노인 정정과

손자 무남이

등에 커다란 망태기를 메고

등장한다.

한 사람이

몇 자루씩의 총도 메고 있다.

눈감은 자들에게서

하나하나

쓸 만한 물건들을 벗겨내며

망태기에 담는다.

정정　아가, 할 만허냐.

무남　네, 할아버지.

정정　무섭지 않고?

무남　안 무서워요, 할아버지.

정정　끔찍하지도 않고?

무남　안 끔찍해요, 할아버지.

정정　요기 요 사람 금이빨 뺄 수 있겄냐?

무남　망치로 때리면 되죠, 할아버지?

무남, 금이빨을 빼는 듯.

정정, 그 모습을 뭉클하게.

정정　기특허다. 어쩜 그렇게 네 아비를 빼박았는지.

무남　제가 아버지를 빼박았으면, 아버지도 할아버지를 빼닮으셨겠네요?

정정　아니야, 네 아비는 내 아들이라고 하기에도 황송할 정도로 잘난 인물이었다. 지 엄마 배 속에서 나오자마자 걸어 다니고, 걸어 다니자마자 말을 하고, 말을 하는 동시에 주먹을 쓰기 시작하더니, 수염도 나기 전에 뒷산 바위를 들어 올렸지. 밥은 솥째로 먹고 술은 동이째로 마셨다. 마을에서 인물이 났다고 난리였었지. 암, 난리였어. 내가 몇 번을 다시 태어나서 아비가 되고 아들을 낳아도, 네 아비 같은 아들은 다시 낳지 못할 거다. 요기 요 사람도 금이빨 뺄 수 있겄냐.

무남　그럼요! 망치로 때리면 되죠?

무남, 다시 금이빨을 빼다가

무남　그렇게 대단한 아버지가 왜 그렇게 빨리 돌아가셨죠?

정정　대단했기 때문이지. 네 아비는 자기가 대단하다는 걸 알고 있었어. 그래서 다들 같잖게 보였던 거야. 총 들고 거들먹거리는 군인들, 군인들한테 총 파는 장사꾼들, 장사꾼들 돈 받아서 배 불리는 정치인들, 정치인들 등에 업어서 총 들고 거들먹거리는 군인들, 군인들한테 총 파는… 잠깐, 이게 왜 자꾸 돌고 돌지? 아무튼 다 같잖게 보였던 거다. 그래서 달려들었지. 군인들한테.

무남　와! 그래서요?

정정　네 아비는 대단한 사람이니까 군인 한 명 정도는 가볍게 해치웠지. 하지만 군인은 두 명이었다. 네 아비가 한 명을 해치울 때 다른 한 명이 총을 쐈지. 두 명만 아니었어도 네 아비가 이겼을 거야. 네 아비는 정말 대단한 사람이었다.

무남　와! 저도 아버지처럼 대단하게 될 수 있을까요?

정정　그럼 그럼! 넌 네 아비랑 빼박았으니까! 허어, 요기는 두 사람이 나란히 누워 있네. 희한하네. 군복은 다른데 나란히 누워 있다니, 왜 나란히 누워 있지. 희한하네.

무남　상관 있나요. 금이빨은 같을 텐데.

정정　역시, 네 아비를 빼박아서 똑똑하구나. 그럼 이번엔 할애비랑 한 사람씩 빼자꾸나.

무남　망치가 하난데 어쩌죠?

정정　할애비는 익숙해서 팔꿈치로 때려서도 뺀단다.

무남　와! 역시 할아버지!

정정과 무남,

음식과 병칠의

금이빨을 빼려는데

을식 친구! 난 금이빨을 뺏기기 싫어! 어머님이 해 준 거야!

병칠 난 집사람이 해 준 거야! 뺏기기 싫어 친구!

갑돌 근데, 두 사람인데, 내가 이길 수 있을까?

을식 노인이랑 어린애잖아! 민간인이라구! 군인은 민간인을 이길 수 있어 친구!

병칠 그래! 군인은 총이 있어! 총으로 겁만 주면 얌전히 물러갈 거야 친구!

갑돌 맞다! 나는 총이 있었지!

갑돌, 일어나서
총을 겨눈다.

갑돌 그, 그만! 그 친구들 금이빨을 뽑지 말라!

정정과 무남의 몸이
얼어붙는다.

정정 어이구, 세상에, 야단났네.

무남 우린 이제 어떻게 되는 거예요, 할아버지?

정정 미안하구나, 애야. 할애비는 살 만큼 살아서 괜찮지만, 너는 살 만큼 살지 못할 것 같구나.

갑돌 그, 그만! 떨지 않아도 된다! 해치지 않는다! 금이빨을 얌전히 놔두고, 마을로 돌아가라! 그럼 아무 일도 일어나지 않는다!

정정 아무 일도 일어나지 않을 거란 얘기를 수도 없이 들었습죠. 죄다 군인들이었어요. 안심을 시켜서 마을로 돌려보낸 다음에, 군대를 끌고 마을로 와서는…마을로 와서는…세상에 난리 났네.

갑돌 아니야! 난 난 정말 아니야! 정말 아무 일도 일어나지 않으니까, 그대로 마을로 돌아가!

정정 고맙습니다. 고맙습니다. 그럼 우리는 이대로 마을로…

정정, 메고 있는 총 한 자루를 들고

갑돌에게 쏜다.

불발.

정정 어이구, 난리 났네.

갑돌 …뭐야 지금? 날 쏘려고 한 거야?

정정 미안해요, 무서워서 그랬어요. 마을로 따라올까 봐 그랬어요.

갑돌 …한 번만 봐줄 테니까 이제 내려가.

정정 고맙습니다. 고맙습니다. 그럼 우린 이제 다시 안심하고…

정정,

메고 있는 다른 총을 들고

갑돌을 쏜다.

불발.

정정 어이구, 난리 났네.

갑돌 뭐야? 날 또 쏘려고 한 거야?

정정 미안해요. 정말로 마을로 내려올까 봐, 그럴까 봐.

갑돌 내려가! 내려가라고!

정정 고마워요. 이젠 정말, 이젠 정말.

정정, 메고 있는 총을

하나씩 꺼내 들고

차례대로 쏘지만

모조리 불발이다.

갑돌 …왜 이래? 왜 이러냐구? 내려가! 내려가면 아무 일도 없을 거라 했잖아!

정정 얘야, 이렇게 있으면 둘 다 끝이다. 저놈은 아직 한 명이야. 한 명이라 우릴 봐준다고 한 거야. 우리가 내려가면 군대를 이끌고 따라올 거다. 내가 저놈에게 달려들 테니 넌 그 틈에 도망가렴.

갑돌 이봐! 뭐 하는 거야! 내려가라고!

무남 할아버지가 달려들면, 할아버지는 눈을 감으시잖아요.

정정 뜰 만큼 뜨고 살았다. 사실은 네 아비가 눈을 감았을 때 같이 감고 싶었는데 네가 눈에 밟혀서 못 감았단다. 이젠 너도 다 컸으니 감아도 된다. 이제 혼자 꿋꿋이 사는 거야. 내가 달려들면 도망가렴.

무남 싫어요. 싫어요, 할아버지.

갑돌 이봐! 그만해! 내려가라고! 아무 일 없을 거라고!

무남 할아버지, 제가 달려들게요. 한 명 정도는 저도 물리칠 수 있어요. 아버지랑 빼박았다면서요. 아버지가 한 명을 물리치셨으니까 저도 한 명을 물리칠 수 있어요.

정정 무리다. 아직 무리야. 넌 더 자라야 해. 뼈가 더 여물어야 해. 무리야. 지금은 무리야.

갑돌 그만해! 제발 그만해!

무남 아니에요. 전 알아요. 전 아버지를 닮아서 대단해요. 전 지금 저 군인이 같잖게 보여요. 물리칠 수 있어요. 제가 물리칠게요. 제가 수습할게요. 할아버지는 도망가세요.

무남, 갑돌에게 달려든다.

무남과 갑돌이 이리저리 뒹군다.

갑돌 이러지 마, 얘야 이러지 마.

무남 같잖은 놈! 같잖은 소리 하지 밀고 덤벼!

갑돌 난 널 해치고 싶지 않아. 할아버지를 모시고 내려가. 부탁이야.

무남 같잖은 소리! 혼자라서 무서우니까 우릴 보낸 다음 군대를 끌고 올 거잖아! 같잖은 소리!

갑돌 …제발, 제발, 나도 군대가 싫어. 친구들만 수습하면 나도 내 마을로 떠날 거야. 제발 그만해.

무남 같잖은 소리! 같잖은 소리!

을식 친구, 이대로 가다가는 자네가 눈을 감겠어. 그럼 우리 셋을 누가 수습해 주지?

병칠 어쩔 수 없어 친구. 결단을 내려야 해. 공격을 받으면 반격을 해야 해. 매뉴얼에 나와 있잖아.

갑돌 이 애는, 이 애는 아직 어린데.

을식 어쩔 수 없어 친구, 우리 셋 모두 눈을 감을 수는 없어.

병칠 그래 친구, 자네는 우릴 수습해 줘야 해. 수습해 줘야 해.

갑돌 …그래, 난 수습해야 해. 수습해야 해. 수습해야 해. 수습해야 해에!

갑돌, 무남을 때려눕히고

총을 겨눈다.

갑돌 망설이지 말자, 망설이지 말자, 망설이지 말자, 망설이지 말자.

정정, 소리를 지르며

갑돌에게 달려든다.

총을 잡고 실랑이를 하다가

총을 맞는다.

그래도 계속 총을 잡고

실랑이를 한다.

정정 …얘야, 가, 얼른 마을로 가. 마을이 어딘지 모르도록 할애비가 잡고 있을 테니까.

무남 죄송해요 할아버지. 물리칠 수 있을 것 같았어요. 아버지처럼.

정정 넌 어쩜 그렇게, 고집까지도, 네 아비를 빼박았냐.

무남 복수할게요. 마을 어른들을 죄다 불러와서, 반드시 복수할게요, 할아버지.

정정 하지 마, 복수하지마, 그냥 마을로 가서, 장가를 가서, 애를 낳고, 그냥 살아. 넌 아직 뼈가 덜 여물었어.

무남 아버지랑 할아버지 복수를 안 하면 눈을 감지 않겠어요. 복수할게요. 반드시 복수할게요, 할아버지.

무남, 도망간다.

정정 …빼박았어. 뛰어가는 것도, 제 아비를 빼박았어.

정정, 편하게 드러눕는다.

#5

갑돌 왜, 왜 말을 안 들으셨어요. 그냥 가면 아무 일도 없을 거라니까.

정정 미안해요. 늘 속고만 살아서, 이번에도 속을 거라 생각했어요. 솔직히 믿을 수가 없잖아요. 우리가 군인 나리들 옷이랑 신발을 벗기고, 금이빨을 빼는 걸 봤는데, 어떤 군인 나리가 그냥 봐주겠어요? 안 그래요?

을식 이 친구는 진짜예요 어르신.
우리만 수습하고 떠나려고 했거든요.

정정 그러고 보니 인사들을 못 드렸네요. 반가워요 군인 나리들.

병칠 안녕하세요 어르신. 삼가 어르신의 명복을 빕니다.

정정 저도 군인 나리들의 명복을 빌게요. 그나저나 고향들은 어디신가.

갑돌 말씀 중에 죄송합니다만, 이제 헤어지셔야 합니다. 이제 이 친구들을 묻을 거거든요.

정정 어이구, 묻히시는구나. 축하드려요. 이 난리통에는 눈을 감아도 묻히지 못하는 사람들이 탄피만큼 깔렸죠. 수습해 줄 사람이 없으니까요. 나리들은 수습해 줄 나리가 있네요. 복 받으신 거예요.

갑돌 어르신도 손자분이 있으시잖아요. 아주 씩씩하던데.

정정 아직 뼈가 덜 여물었어요. 걱정이에요. 그 고사리 같은 손으로 땅을 파고, 나를 눕히고, 다시 땅을 다질 수 있을지.

갑돌 고집이 대단하던데요. 그 고집이면 어르신을 무슨 일이 있어도 묻어드릴 겁니다.

정정 고집 얘기가 나와서 말인데, 걱정이 또 하나 있어요. 녀석은 한번 뱉은 말은 반드시 하고 말아요. 지 아비를 빼박아서. 아까 복수를 하겠다고 했으니 꼭 복수를 할 거예요. 마을 사람들을 데려와서 복수하려고 할 거예요. 내가 마을에서 가장 어른이었기 때문에 사람들은 어쩔 수 없이 올 거예요. 나리가 길을 떠나도 끝까지 따라가서 복수하려고 할 거예요. 걱정이에요. 녀석의 고집 때문에 마을 사람들이 해를 입을까 봐.

을식 큰일인데, 우릴 수습하고 가면 손자가 따라붙을 거야. 바로 떠나는 게 어때 친구? 지금이라면 따라잡히지 않을 거야.

갑돌 그건 안 돼 친구. 난 친구들을 수습하기로 약속을 했어.

정정 이러다 너까지 눈감아. 그럼 널 수습해 줄 사람은 아무도 없어. 그냥 길에서 눈을 감고 있어야 한다고.

갑돌 …괜찮아. 너희를 수습하지 않으면 눈을 뜨고 살지 못할 것 같아. 수습 못 하고 눈을 못 뜨느니, 수습하고 눈을 감을래.

정정 어이구, 따뜻하네요. 따뜻해. 이 따뜻한 이야기가 계속 따뜻하게 이어지면 좋으련만, 내 손주 놈이 고집이 세서, 이렇게 합시다. 손주 놈이 나를 꽤 좋아한다오. 이 나리들을 수습하는 김에 나도 좀 수습해줘요, 날 위해 땅을 파고, 내 몸을 잘 닦아서 눕혀 줘요. 그리고 여기서 손주 놈을 기다리는 거예요. 손주 놈이 오면 내가 잘 말해 보리다. 복수하지 말라고, 나는 눈 잘 감고 잘 묻히니까 걱정하지 말고 돌아가서 눈 크게 뜨고 살라고.

갑돌 …정말, 잘 말해 주실 거죠?

정정 걱정 마요. 나리들은 우릴 잘 속였지만, 우린 나리들을 속인 적 없어요. 속이면 바로 총을 맞으니까.

갑돌, 정정을 바라보다가

을식과 병칠을 바라본다.

을식과 병칠이 고개를 끄덕인다.

갑돌, 두 군인과 한 노인을

나란히 눕혀 놓고

깨끗하게 닦아 주기 시작한다.

두 군인과 한 노인이

<고향의 봄>을 부른다.

나의 살던 고향은

꽃피는 산골

복숭아꽃 살구꽃

아기 진달래

울긋불긋 꽃 대궐 차린 동네

그 속에서 놀던 때가

그립습니다.

갑돌 날이 어두워졌어요. 해가 뜨면 묻어 드리는 게 낫겠어요. 밤중에 묻는 건 몰래 묻는 것 같아서 마음이 안 좋을 것 같아서요.

정정 그렇게 하세요. 손주 놈도 밤중이 아니라 아침에 올 거예요. 겁이 많아서. 아직 뼈가 덜 여물었거든.

을식 그래 친구, 묻히기 전에 마지막으로 밤을 보내는 것도 좋지.

병칠 달이 곱네. 별은 밝고. 바람은 시원하고. 풀벌레 소리는 명랑하고. 묻히고 나면 만나기 힘들겠네. 오늘 밤에 많이 만나야지. 잠들지 말고 밤을 새워야지. 어차피 묻히면 평생 잠드는 거니까. 술이라도 있으면 즐겁게 밤을 새울 수 있을 텐데.

정정 내 망태기에 막걸리가 좀 있어요. 손주 놈이 양조장에서 하루 반 되씩 꼭 받아다 줘요. 심심하실 때 잡수라고 말이에요. 효심까지지 아비를 빼박았어요.

갑돌 그 귀한 술을 저희도 마셔도 되겠습니까, 어르신?

정정 그럼요. 묻어 줄 사람과 함께 묻힐 사람들이랑 안 마시면 누구랑 마시겠어요. 음복이죠.

갑돌, 망태기에서
막걸리를 꺼내 온다.

마치
제사를 지내는 것처럼
철모 네 개를 가져와서
막걸리를 나란히 따른다.

담배에 불을 붙여
향처럼 피운다.

두 군인과 한 노인
천천히 일어나 앉는다.

네 사람, 건배한다.
술판이 벌어진다.

노래를 하고
장단을 두드리고
춤을 추고
한동안 논다.

그러다 어느새

스르륵 잠이 든다.

네 사람의

코 고는 소리가 들리며

무대가 한참 동안

어두워진다.

코 고는 소리만

한동안.

#6

코 고는 소리가 잦아들고

새소리가 들려온다.

아침 해가 밝아 온다.

완전히 밝아지면

갑돌, 밧줄로 묶여 있다.

무남과

마을 어른들인

기갈과 경색이

갑돌을 내려다보고 있다.

갑돌 …어, 왔네, 어르신, 손주분이 왔어요. 잠깐 눈 좀 뜨세요.

무남 할아버지는 원래 아침잠이 많으셔. 깨우지 마.

갑돌 그렇구나. 그래도, 깨셔야 하는데, 사연을 말씀해 주셔야 하는데.

무남 같잖은 소리 집어치워! 사연 따윈 필요 없어! 바로 복수를 할 거니까! 아저씨들, 바로 복수해도 되죠? 그렇죠?

그러나

어른들은

정정을 내려다보며

딴청을 피운다.

기갈　이런 이런, 어르신이 갑자기 이렇게 되실 줄이야.

경색　쯧쯧, 남 일 같지 않아. 우리도 언제 이렇게 될지 몰라.

무남　아저씨들, 뭐 하세요? 지금 바로 복수해도 되겠죠?

기갈　이쪽 군대랑 저쪽 군대랑 밀고 밀린 게 몇 번째지?

경색　양쪽 다 세 번씩이지. 이번이 아마도 마지막이 될 거야. 양쪽 다 식량이 바닥났거든.

무남　아저씨들! 복수해도 되겠죠?

기갈　식량이 떨어진 걸 자네가 어찌 아나?

경색　뭔 소리야, 식량을 우리 마을에서 뺏어 가는데 우리 마을이 바닥났으니까 저놈들도 바닥이 난 거지 뭐.

기갈　이야, 자네. 비상하구만.

경색　과찬일세. 허허.

무남　아저씨들! 복수해도 되겠죠?

기갈　그럼 필시, 이긴 쪽 군대에서 우리 마을로 오겠구만. 남은 식량을 긁어모아서 떠나겠지.

경색　떠나기 전에, 진 쪽 군대에 협력했던 사람들을 죄다 처리하고 가겠지.

기갈　이야, 자네 비상하구만.

경색　과찬일세, 허허

무남　아저씨들! 아저씨들! 복수한다구요! 지금 당장 복수한다니까요!

기갈과 경색,

무남을 발로 차 버린다,

무남, 쓰러진다.

기갈　거 참, 시끄러운 놈. 어른들 얘기하잖니. 어린놈아. 가만히 좀 기다려.

경색 하여간 요새 어린것들은, 어른의 손자라서 어른 대접 해 줬더니만 어른 눈감고 나서도 어른인 척하려고 하네.

무남 …복수를, 복수를 해야 되는데, 할아버지한테.

기갈과 경색,

무남을 사정없이 밟은 후

밧줄로 묶는다.

기갈 하여간, 애들은 맞아야 말을 들어. 이놈아, 네가 뭔 짓을 했는지 아느냐. 군인한테 복수한다고 고래고래 소리를 치고 와? 우리 마을 씨를 다 말려 버리려고? 빌어먹을 놈.

경색 전투가 한창이라 누가 이길지 모르는 걸 다행이라 생각해라. 이쪽 군인 편이 이기기라도 하면 어찌 될지 아니. 이 경을 칠 놈아.

갑돌 저기요, 저는 그런 거 상관없습니다. 저는 그냥 친구들 수습만 하고 갈게요. 아무것도 안 할게요.

기갈 알죠, 알아요. 그러니까 조금만 계세요. 저희가 알아서 할게요. (경색에게) 자네, 망원경 가져왔지?

경색 그럼, 아주 멀리서 몰래 볼 수 있도록 아주 긴 놈으로 가져왔네.

기갈 역시 자네는 비상해!

경색 과찬일세! 허허!

경색, 망원경으로

전투가 벌어지는 곳을 살피는 듯.

경색 어이구야, 팽팽하네. 식량이 떨어져서 그런가, 눈앞에 뵈는 게 없네.

기갈 팽팽하면 안 되는데. 애매한데. 한쪽이 확 이겨 버려야 우리가 편한데. 지난번 전쟁 때 이것들이 팽팽해서 우리가 얼마나 고생했나. 밀었다 밀렸다 하면서 번갈아 가면서 마을에 드나들었지. 이쪽 편은 저쪽 편들었다고 처리해 버리고, 저쪽 편은 이쪽 편들었다고 처리해 버리고. 쳐 죽일 놈들.

경색 그때 참 힘들었지. 찢어 죽일 놈들.

기갈 아직도 팽팽한가?

경색 아니야, 밀려. 한쪽이 밀리고 있어.

기갈 어디야? 밀고 있는 쪽이 어디야?

경색 어이구 이런, 이 군인 나리 편이야! 이 군인 나리 편이 무섭게 밀고 있어! 거의 다, 거의 다 밀었어!

기갈 어이구, 다행이네. 이 녀석이 복수를 해 버렸으면 어쩔 뻔했어. 군인 나리, 조금만 기다리십쇼. 저희가 대신 복수를 해 드릴 테니 잘 좀 봐주십쇼.

기갈,

무남의 목을 조른다.

무남 …왜, 왜 그러세요, 아저씨.

기갈 쉿 쉿, 괜찮아. 가만히 있어. 가만히 있으면 다 잘 될 거야.

무남 …할아버지, 할아버지, 할아버지.

정정, 눈을 뜬다.

정정 …언제 왔니 아가. 근데 왜 묶여 있니? 왜 목이 졸리고 있니? 아니 자네, 자네가 왜 우리 손주 목을 조르고 있나? 이놈! 이놈! 멈추지 못할까!

기갈 어르신, 삼가 어르신의 명복을 빕니다. 눈감으셨으면 계속 눈감으십쇼. 보여 드리기 좀 그렇네요.

정정 이놈들아, 어떻게 네 놈들이, 마을 최고 어른인 나한테, 내 손주한테. 아니야, 미안하네. 내가 미안해. 좀 봐줘. 내 얼굴을 봐서, 내 아들 얼굴을 봐서, 내 손주를 봐줘. 하나 남았어. 그놈 하나 남았어. 봐주게. 봐줘.

기갈 좀 봐주십쇼 어르신. 아드님이 군인한테 덤비는 바람에 마을이 얼마나 힘들었습니까. 그런데 피는 못 속이는지 손주님까지 군인한테 달려드니, 이 피가 계속 이어지면 대대로 군인한테 달려들 텐데, 그럼 우리 마을 못 삽니다. 어르신. 전투상황을 봐서 저쪽 편이 이기면 저 군인 나리를 처리하고 손주님을 살리려고 했습죠. 손주님은 적군에게 맞선 영웅이니까. 하지만 이쪽 편이 이겼으니 어찌합니까. 손주님은 아군한테 맞선 반동이 될 텐데요. 군인들이 처리하느니 저희가 처리하는 게 더 좋지요. 손주님을 더 편하게 보내주고, 저희도 반동을 처리한 영웅이 될 수 있으니까 일석이조 아닙니까.

기갈, 무남을 조른 손에
더욱 힘을 준다.

정정 아가, 우리 아가, 왜 할애비 말을 안 들었니. 복수하지 말라니까, 왜 할애비 말을 안 들었니.

무남 …할아버지가…그러셨잖아요…아버지를…빼박았다고….

정정 넌 아직, 뼈가 덜 여물어서, 좀 더 자라야 한다니까. 어이구, 어이구 어쩌나.

무남 …괴로워요…할아버지.

정정 조금만 참아라, 아가. 조금만 참으면 편해질 거다 아가. 조금만 참아서, 이 할애비 곁으로 와라. 차라리 잘됐다. 이놈의 세상에서 너처럼 뼈가 덜 여문 아이들이 어떻게 버틸 수 있겠니. 가만히 있으면서 천천히 눈을 감느니 얼른 감아 버리는 게 낫지. 참아라, 감아라. 잘한다. 잘한다. 아가.

무남, 눈을 감는다.

정정, 천천히

무남에게 다가와서

무남을 안아서

자기가 누우려고 파 놓은 땅에

조심스레 눕힌다.

그리고 그 옆에

나란히 눕힌다.

무남 둘이 누워도 안 좁네요, 할아버지.

정정 할애비는 몸이 쪼그라들고 있고, 너는 뼈가 덜 여물었으니까, 넉넉한가 보다. 좋구나.

이런 와중에

망원경을 계속 보고 있던

경색, 경악한다.

경색 가짜였어! 밀리는 게 가짜였어! 매복, 매복이었어! 세상에, 매복을 생각해내다니, 대단해, 아주 대단해.

기갈 뭐야? 그럼 이 군인 나리 편이 밀리고 있단 얘기야?

경색 밀리고 있어! 무서운 속도로 밀리고 있어! 밀렸어! 거의 다 밀렸어!

기갈 …이런, 그럼 이 군인 나리, 아니 군인 새끼를 처리해야겠군. 아깝다. 어르신 손주놈, 아니 손주님을 살려 놓을걸. 아깝다. 너무 아까워. 아니야, 어르신과 손주님을 나란히 묻어야지. 내친김에 아드님도 모셔 와서 함께 묻어야지. 그래서 비석을 세워야지. 적군에게 잔인하게 몰살당한 비운의 삼부자. 우리 마을은 영원할 거야.

기갈,
갑돌의 목을
천천히 조른다.

갑돌은 아까 전부터
충격적인 광경 때문에
의식이 잠시 나갔다.

기갈 그렇지. 착하지. 가만히, 가만히 있어. 가만히 있으면, 모든 게 편해져.

기갈, 목을 조르는 손에
점점 힘을 준다.

그런데
망원경을 보던 경색.
천천히 기갈에게 다가오더니
기갈의 목을 조른다.

기갈 …왜, …왜?

경색 미안하네, 친구. 매복의 매복이었어. 이 군인 나리 편이 이겼어. 저쪽 편은 전멸했어. 자네는 이제 반동이야. 내가 자네를 처리하는 수밖에 없어.

기갈 …그렇구나. …어쩔 수 없지. …마을이 살아야 하니까.

경색 걱정 마, 마을은 영원할 거야. 그래, 가만히, 가만히 있어.

기갈, 눈을 감은 채로
그 자리에 천천히 눕는다.

경색, 갑돌의 밧줄을 풀어준다.

경색 얼마나 고생이 많으셨습니까. 군인 나리. 나리를 해치려는 반동들을 모조리 무찔렀으니 염려 마십쇼. 여기 이 친구가 반동이고, 저기 저 노인과 꼬마도 반동이고, 그리고, 저 옆에 나란히 누운 두 군인은 뭐지? 왜 다른 군복끼리 나란히 누워 있지? 누가 반동이고 누가 영웅이지?

경색, 계속 헷갈리는 와중에
갑돌, 천천히 총을 들어서
경색을 쏜다.

경색 …아닌데 …난 반동 아닌데.

경색, 눈을 감은 채로
천천히 쓰러진다.

기갈 뭐야, 자네마저 눈을 감으면 마을은 어떻게 하나.

경색 미안하네, 친구. 뭐가 뭔지도 모른 채로 눈을 감아 버렸어. 전쟁은 역시 뭐가 뭔지 모르겠어.

기갈 자네처럼 비상한 친구도 뭐가 뭔지 모르다니, 전쟁은 참 비상해. 그나저나 마을을 어떡하나.

을식 우리가 이겼구나. 아쉽다. 이기면 훈장이 나오는데, 훈장을 가지고 고향에 돌아가면 어머님이 참 좋아하셨을 텐데.

병칠 우리는 졌구나. 아쉽다. 이겼으면 무덤에 용사 표시가 될 수도 있었을 텐데. 이름 없는 무덤이 되겠네.

정정 아가, 전쟁이 끝났다는구나. 네가 살았더라면, 뼈도 여물고, 장가도 갈 수 있었을 텐데.

무남 세상이 좋아지면, 더 열심히 일해서, 반 되가 아니라 한 되씩 받아드리려고 했는데.

눈감은 자들 아아, 눈을 감기가 힘드네.

누워 있는
눈감은 자들이
저마다 걱정을 하는데

갑돌, 그 광경을 바라보다가
웃는 것인지 우는 것인지
모르겠는 표정으로
천천히 총을 틀어서
머리에 겨눈다.
그 모습을 본

눈감은 자들이

경악한다.

을식 그러면 안 돼 친구! 힘든 건 알지만 좀 참아 줘!

병칠 그래, 조금만 참아 줘! 우릴, 우릴 수습해 줘야지!

정정 군인 나리! 나리마저 눈 감으면 나랑 손주 놈은 묻힐 수가 없어요!

무남 잘못했어요. 아저씨! 복수 안 할 테니까 참아 주세요. 아저씨!

기갈 나리가 눈을 뜨고 계셔야 우리 마을 사람들이 얼마나 노력했는지 알아줄 것 아닙니까! 나리가 군대에 말씀해 주셔야죠!

경색 나리가 눈감으시면 우리 마을은 끝납니다! 제발, 제발 눈감지 마세요! 수습해 주세요!

눈감은 자들 수습, 수습, 수습을, 수습, 수습, 수습을, 수습, 수습, 수습을.

갑돌, 머리에 겨눈 총을

어쩔 줄 모르고

계속 부들부들 떨면서

갑돌 …부처님…예수님…공자님…마호메트님…원효대사님.

-막-

분장실 청소

등장인물

용역 1

용역 2

배우

가수의 처남, 혹은 처제

무대

텅빈 극장, 안 치운 분장실

그대로.

조금 전
공연이 끝난
분장실.

그 분장실의 모습이
침묵 속에 보인다.
잠시 후,

용역 1,
철거 복장으로 들어오다가
분장실을 바라보고
멈칫한다.
그리고 그대로
분장실을 한참 동안 바라본다.

잠시 후

용역 2,
철거 복장으로 들어와서

용역2 존나게들 개기네……. 씹새끼들.

용역 2, 아무 생각 없이
분장실 구석에 오줌을 누려는데,

용역1 싸지 마.

용역2 쌀 것 같은데.

용역1 나가서 싸고 와.

용역2 화장실은 1층에 있어, 여긴 4층이고.

용역1 1층 가서 싸고, 다시 올라와.

용역2 밖에는 그 새끼들이 농성 중이잖아.

용역1 설마 오줌 싸는 새끼한테 해코지를 하겠어?

용역2 하겠지, 우린 했잖아. 한밤중에 사람이 자는 집을 부수고, 밥을 먹고 있는 집을 부수고, 그 짓거리 하고 있는 집을 부수고.

용역1 그래…. 우린 그랬어…. 그럼…. 싸지 말고…. 참아.

용역2 이해가 안 가네. 철거 직전의 빈 공간에 오줌 좀 싸려는데, 참으라고?

용역1 여기…. 기운이 흘러…. 여기 머물렀던 사람들이 뿜어낸 기운…. 그 기운이 뭔지는 모르겠어. 근데 느껴져…. 잘은 모르겠지만…. 뭔가 일차적인 욕구를 넘어서는…. 더 높은 어떤 것인 것 같아…. 그래서 왠지…. 너의 일차적인 오줌을…. 여기에 묻히면 안 될 것 같아.

용역2 몇 년을 같이한 동료의 오줌보다 누군지도 모르는 인간들의 빈 공간을 더 존중한단 말이지?

용역1 우리, 잠시만. 아주 잠시만 함께 지켜보자. 이 공간을. 다시는 안 올지도 몰라. 우리가 이렇게, 기운이 흐르는 빈 곳을, 잠시 동안 지켜볼 수 있는 순간은.

둘, 한참 동안

분장실을 바라본다.

용역1 어때?

용역2 오줌 마려……. 씨발…….

용역1 여긴 뭘 하던 곳일까. 여기에 놓인 저 많은 옷들은 뭘까. 저 가발들은, 저 화장품들은, 저 거울은, 저 컵라면은, 저 박카스는, 저 우루사는.

용역2 씨발! 씨발! 씨바알! 오줌 마렵다고! 도저히 못 참겠어!

용역 2, 바지춤을 풀고

오줌을 싸려는데

배우,

두려운 듯

분장실로 들어온다.

용역 2, 다시 바지를 추스르면서

용역2 오줌 싸기 그른 날이군….

배우 부수러 온 분들이시죠?

용역2 그래.

배우 어떤 식으로 부술 생각이시죠?

용역2 음…. 말하자면 길고.

용역 1, 용역 2,

들고 있는 장비들로

허공에다가

마구마구 휘둘러 부수는 시늉.

배우, 경악.

배우 그렇게 휘두르시는 거예요? 여기 있는 모든 것들에다가?

용역1 그래.

배우 휘두르다니…. 이 아름다운 것들에다가.

용역2 그리고 오줌도 쌀 거야.

배우 싸다니…. 이 아름다운 것들에다가.

배우, 울먹인다.

용역 1, 용역 2의 뺨을 때린다.

용역1 싸지 마.

배우 고마워요….

용역1 하나만 묻지. 이게 뭐가 아름답다는 거지? 잠깐 봤지만, 옷들은 죄다 동묘시장에서 산 것 같고, 가발들은 죄다 인터넷 파티용품점에서 산 것 같고, 화장품들은 죄다 샘플만 있는 것 같은데, 온통 싸구려투성이가 모여 있는 허름한 공간이 대체 뭐가 아름답다는 거야?

배우 그 연장들을 보면 어떤 생각이 드세요?

용역2 아름다워.

용역 1, 용역 2의 뺨을 때린다.

용역1 아무 생각 안 들어. 맨날 보는 것들이니까.

배우 네…. 저도 아무 생각 안 들었어요. 맨날 봤을 때는…. 그런데, 지금은 아름다워요…. 이제 맨날 볼 수 없으니까.

용역 1, 용역 2

잠시,

자기 연장을 바라본다.

용역1 난 애네들이 하나도 안 그리울 것 같은데. 손에 쥐고 있는 물건의 크기가 작을수록 땀을 덜 흘리는 법이지. 내 꿈은 말년에 땀을 안 흘리는 거야. 이따위 커다란 연장 말고 계약서에 찍는 도장을 들고 다닐 거야. 부수고 쫓아내는 일 말고 부수고 쫓아낸 것들을 편하게 사들이는 일을 할 거야.

용역2 똑똑해. 난 가끔 네가 왜 이런 일을 하는지 궁금할 때가 있어.

용역1 그건 내가 이 나라에서 태어났기 때문이야.

용역2 이 나라가 어떻길래?

용역1 그만하자. 더 말하면 나 잡혀갈지도 몰라. 그래, 그럼 그쪽은 원하는 게 뭐지?

배우 원하는 걸 말하면 들어주실 건가요?

용역1 아니.

배우 …….

용역1 하지만, 오늘은 이상해. 이상한 공간에 들어왔어. 우리가 부수는 공간들은 대부분 일이나 장사를 하는 곳들이지. 공장이거나 식당이거나. 무언가를 만들거나 파는 곳들이야. 부수기 직전까지도 치열한 생활의 냄새가 나. 물 밖으로 나온 생선처럼 어떻게든 물속으로 들어가려고 팔딱팔딱 뛰었던 흔적들이 있거든. 근데 여긴 이상해. 생활의 냄새가 안 나. 필사적인 느낌이 없어. 계속 머물러 있으려고 작심한 느낌이야. 여긴 어디지?

배우 여긴, 분장실이에요.

용역2 분장실! 나도 알지! 이 짓을 하기 전에는 룸살롱 웨이터를 했거든. 언니들이 손님을 기다리면서 분장도 하고 라면도 먹고 고스톱도 치고…….

용역1 여기는 어떤 분장실이지?

배우 여기는, 극장의 분장실이에요.

용역1 극장?

배우 여기서 분장을 하고, 관객이 객석에 앉으면, 우리는 무대에 나가는 거죠.

용역1 나가서 뭘 하지?

배우 연극을 해요.

용역1 연극이라, 연극이 뭐지.

용역2 난 알아. '이 새끼! 연극하고 앉아 있네!' 할 때 그 연극이야. 뭔가를 가짜로 속이는 게 연극이야.

배우 그래요, 무대 위는 가짜예요. 그런데, 우린 진짜를 말해요.

용역2 씨발, 가짜 위에서 진짜를 말하는 게 말이 돼?

배우 어쩌면 진짜 세상에서 가짜 같은 일이 더 벌어질지도 몰라요.

용역2 씨발, 철학하고 앉아있네. 진짜 세상에선 진짜가 벌어지는 거지, 뭔 가짜가 벌어져.

배우 평생 일해도 집 한 채 장만하기 힘든 사람과 평생 일 안 해도 집이 천 채 있는 사람이 같이 사는 곳, 일흔 넘은 할머니가 그때까지 폐지를 주워야 컵라면 하나 겨우 사 먹을 수 있는 곳, 길 가는 여자들이 이유 없이 멸시당하고 폭행당하는 일들이 벌어지는 곳. 시도 때도 없이 전철이 멈추고, 다리가 무너지고, 배가 가라앉는 곳. 이런 곳이 진짜 세상인가요?

용역2 씨발! 그게 진짜야! 그게 진짜 세상이라고! 나도 어릴 땐 믿었어. 교회에서 나눠주는 팸플릿을 보면 과일이 무성한 동산에서 사람들하고 짐승들하고 함께 뒹굴면서 평화롭게 살더니만. 난 믿었어. 내가 하느님을 믿으면 어른이 돼서 그렇게 살 수 있다고 믿었다고. 근데 씨발 그런 게 가짜였던 거야. 원래 인간은 힘들게 태어났어. 죽기 전까지 이빨을 드러내고 손톱을 세우고 눈알을 이리저리 굴리면서 살아가게 태어났다고. 원시시대 때는 공룡 새끼들 때문에, 농경문화 때부터는 지주 새끼들 때문에, 산업화 시대부터는 자본가 새끼들 때문에! 우린 계속 잡아먹히면서 살아간다고! 존나 식상한 말이지만 먹히지 않으려면 먹어야 된다고! 공룡까지는 못 돼도 하이에나 정도는 돼야 한다고 이 사슴 같은 인간아. 씨발!

잠시 정적,

용역 1과 배우
박수를 친다.

용역1 멋지다, 너도 생각하고 살고 있구나.
용역2 이럴 수가…. 나한테도 있었어…. 나한테도 생각이 있었다고.
배우 조금 전 아저씨가 진짜 아저씨네요.
용역2 이게 진짜 나라니. 근데 이상하네. 딱 한 번 진짜가 되었을 뿐인데 갑자기 세상이 짜증이 나고 열 받고 그러네. 내 처지는 똑같은데 내 기분은 상당히 나빠. 이게 뭐지. 갑자기 내가 매트릭스의 네오가 된 것 같아. 씨발.
용역1 더 생각하지 마라. 더 생각하면, 잡혀갈 수도 있다. 더 생각하는 거, 나라가 싫어한다.
용역2 괜찮아, 난 아버지가 월남 참전용사니까.
용역1 그래서, 그쪽은 여기 왜 온 거야?
배우 마지막으로 한 번 더 보고 싶어서요. 나한테 진짜였던 공간이 사라지는 모습을.
용역1 지켜본다고?

배우 네.

용역1 우리가 부수는 광경을 그냥 지켜본다고?

배우 네.

용역1 아무것도 안 하고, 마구마구 슬퍼하면서 마구마구 괴로워하면서 마구마구 눈물을 흘리면서?

배우 네.

용역2 씨발.

배우 네?

용역2 본인한테 진짜였던 공간이 사라지는데 그냥 지켜보러 왔다고?

배우 저는…. 슬퍼서 왔어요.

용역2 슬퍼서 온 거야, 슬퍼하는 너를 보고 만족하려고 온 거야?

배우 저는…. 할 수 있는 게 없잖아요.

용역1 그렇지, 할 수 있는 게 없지. 그래서 우리가 부수는 동안 저 멀리서 울면서 지켜보고, 다 부수고 나면 인근 술집에서 동료들이랑 질질 짜면서 '그래도 연극은 위대하다' 이런 얘기 할 거 아닌가?

배우 우리는…. 세상과 싸우는 사람들은 아니에요. 세상을 관찰하는 사람들이에요.

용역1 이곳에서 살았을 때, 일과가 어떻게 됐지?

배우 우리는…. 낮에 모여서 연습을 해요.

용역1 그리고?

배우 술 마시러 가요.

용역1 그리고?

배우 공연 날이 오면 공연을 해요.

용역1 그리고?

배우 술 마시러 가요.

용역1 그리고?

배우 다시 다음 연극의 연습을 해요.

용역1 그리고?

배우 술 마시러 가요.

용역2 심플하다! 한마디로 종일 여기 있다가 밤이 되면 술 마시러 나간다는 거네! 세상은 휙휙 돌아가고 있는데 말이야!

배우 그래요, 우리는 온종일 여기 있어요. 하지만 우리는 여기서 세상을 생각해요. 술집에서 술을 마시면서도 우리는 하루 종일 세상을 생각해요.

용역1 술값은 누가 내?

배우 술값은…. 공연 보러 온 지인들이나….

용역2 씨발! 공연 보러 온 사람이 술값까지 낸다고?

배우 우리는 돈이 없어요.

용역1 그 지인이 돈 내고 봤을 거 아니야. 그럼 그 돈으로 떳떳하게 술을 사 먹어. 왜 얻어먹어.

배우 지인들은 보통 초대를 해 줘요. 그래서 지인들이 고마움을 표시하는 거예요. 케이크나 꽃을 사다 주거나, 끝나고 술을 사 주는 거죠.

용역2 왜 초대를 해? 팔아! 마트에서 한정판 고기를 파는 것처럼! 전자상가에서 핸드폰을 파는 것처럼! 명동거리에서 화장품을 파는 것처럼! 그 사람들 목이 다 쉰 거 봤어? 판소리 수준으로 득음한 것 봤어? 그 정도로 필사적으로 소리를 질러대니까 팔리는 거야! 팔아! 목이 쉬도록 길거리를 쏘다니면서 필사적으로 표를 팔라고!

배우 목이 쉬면 연기를 못 해요.

용역2 씨발! 그럼 어쩌잔 거야!

배우 우리 연극은 관객들이 잘 안 와요. 그래서 지인들이 와 주면 고마워요. 그래서 초대를 해 주는 거예요.

용역1 홍보는 어떻게 하는데? 필사적으로 알리고 있나?

배우 그냥…. 페북 인스타에 좀 올리고…. 카톡 좀 보내고….

용역1 표는 얼마야.

배우 할인하면 만 원이요.

용역1 케이크나 꽃이 만 원보다 비싸네?

배우 네.

용역1 끝나고 술 사 주면 더 비싸고?

배우 네.

용역1 그만! 그만! 그만! 눈물이 난다! 한심해서 눈물이 나! 길거리에서 표 한 장 팔 용기도 재주도 없으면서 자신의 무대가 진짜라고? 아무리 무대 위에서 세상이 어떻고 인류가 어떻고 자본주의가 어떻고 하면 뭘 해! 만 원짜리 표 한 장 감당 못 하면서 세상을 인류를 자본주의를 감당할 수 있어? 무대 위에서는 큰소리치고 무대 밑에서는 술을 얻어먹는 너희들은 가짜야! 표를 팔든가 술을 돈 주고 사 먹지 않는 이상 너희들은 가짜야! 이제 죄의식이 사라졌어! 가짜가 머물렀던 이 공간도 가짜야! 연장을 들어라! 우리는 지금부터 가짜를 부순다!

용역들,

연장을 높이 치켜들고

분장실을 부수려는 순간

배우, 비명을 지르면서

용역들의 뺨을 때린다.

배우 안 돼! 이 씹새끼들아!

용역1·2 …….

배우 미안해요…. 이건 내가 아니에요.

용역2 그럼 누구야?

배우 모르겠어요. 나도 모르는 누군가가 갑자기.

용역 1, 2

다시 연장을 치켜들고

분장실을 부수려는 순간

배우, 다시 비명을 지르며

용역들의 뺨을 때린다.

배우 안 된다고! 이 씹새끼들아!

용역1·2 …….

배우 미안해요.. 내가 아니에요.

용역2 씨발! 그럼 대체 누구냐고!

배우 모르겠어요.. 나도 모르는 누군가가 갑자기.

그때,

가수의 처남

박수를 치며

등장한다.

처남 우리 매형이 너무 잘 봤대요. 눈물이 난대요. 박수를 쳐 주고 오래요.

용역1 이 광경을…?

처남 네, 이 광경을.

용역1 어떻게 봤지?

처남 CCTV요, 저기요. 어제 달았어요. 이제 매형 재산이니까. 지금도 매형이 보고 있어요. 손 좀 흔들어 주세요.

배우 팬인데…. 진짜 팬인데….

처남 매형 팬이 아닌 사람이 어디 있어요. 세계적인 한류 가수인데.

용역2 매형분한테, 앞으로도 많이 애용해 달라고 전해 주십쇼.

처남 공짜로는 안 되죠. 이거 부수고 받는 거에서 삼십 퍼센트만 주세요.

용역2 역시, 선수시군요.

처남 매형 덕분이죠. 전 이렇게 말만 전해 줘도 평생 먹고살아요.

용역2 그런데…. 여긴 웬일로.

처남 매형이 정말로 감동했대요. 방금 전에 진짜를 봤다고.

처남, 용역들의 뺨을 때린다.

용역1·2 …….

처남 이 배우분이 아저씨들 뺨을 방금 이렇게 때렸잖아요. 이게 진짜래요. 진짜 연기.

배우 …진짜 연기?

처남 네, 진짜 연기. 꾸미거나 계산한 게 아니죠? 속마음이 그대로 표현된 거죠?

배우 네…. 사실 저는…. 저분들의…. 뺨을 때리고 싶었어요.

용역2 씨발! 자기도 모르는 누군가가 때렸다더니!

처남 매형도 연극을 아주 좋아해요. 매형이 지금은 음악이랑 예능밖에 제패를 못 했지만 조만간 드라마도 제패하고 싶대요. 그러려면 연극이 필수래요. 연극판에서 다져진 연기를 통해 드라마에서도 탄탄한 연기를 보여 준다는 평가를 듣고 싶대요.

배우 역시 아시는군요. 연극의 소중함을.

처남　조만간 출연도 하실 거래요. 작품도 고르는 중이래요.

배우　세상에! 그분이 연극에 출연하면 연극이 다시 화제가 될 거예요! 그럼 다시 연극이 살아날 거예요! 어떤 작품이시죠?

처남　셋 중에 하나래요. 핫한 동시대 동유럽 작가의 희곡을 동시대 동유럽 연출가가 와서 한국 배우들하고 만드는 연극이 있고, 핫한 동시대 북유럽 작가의 희곡을 동시대 북유럽 연출가가 와서 한국 배우들하고 만드는 연극이 있고, 핫한 동시대 서유럽 작가의 희곡을 동시대 서유럽 연출가가 와서 한국 배우들하고 만드는 연극이 있대요.

용역1　상당히 복잡하군. 그냥 한국 작가 한국 연출 한국 배우는 안 되는 건가?

처남　그럼 핫하지가 않대요. 요즘은 동시대랑 유럽이 들어가야 핫하대요.

용역2　다행이야. 용역은 아직 한국 용역을 써서.

용역1　유럽에는 우리 같은 철거가 없다는 얘기가 있어.

용역2　뭐야? 그럼 어떤 철거가 있는데?

용역1　철거를 하려면 적절한 법의 절차를 거쳐야 한다는군.

용역2　뭐? 법이 있단 말이야? 우리 같은 사람은 어떻게 살라고?

용역1　한국에서 태어난 걸 다행으로 생각해.

용역2　정말 다행이다. 유럽은 철거도 핫하구나.

배우　복잡해. 날이 갈수록 연극이 복잡해져. 동시대, 포스트모던, 포스트드라마, 컨템포러리, 융합, 복합, 융복합, 뭐가 뭔지 모르겠어.

용역1　아가씨는 어떤 연극을 하는데?

배우　우린…. 계속 창작을 해요…. 별로 좋지도 않고…. 별로 핫하지도 않지만…. 계속 창작극을 올려요.

용역2　좋지도 않고 핫하지도 않은데 왜 창작을 해? 그쪽도 핫한 거 해.

동유럽 북유럽 서유럽 이런 거.

배우 우린…. 좀 더…. 우리 할 말을 하고 싶어요.

용역1 당신들의 할 말이 뭔데?

배우 달라요. 시대에 따라, 상황에 따라.

용역2 그럼 만약, 지금, 이 순간 연극을 한다면 어떤 말을 할 거야?

배우, 용역 1, 2의 뺨을 때린다.

배우 씹새끼들! 하지만 이건 당신들을 때리는 싸대기가 아니야. 당신들의 뒤에 숨어 있는 진짜 당신들을 때리는 싸대기야. 당신들의 뒤에 얼마나 많은 당신들이 숨어 있는 거지? 당신들의 뒤에 숨어 있는 당신들은 지금, 이 순간에 또 어떤 소중한 것들을 부수려고 모의를 하는 거지? 내 싸대기는 당신한테 닿을 수가 없어. 하지만 당신들의 앞에 있는 당신들한테 싸대기를 날린다면, 나 혼자가 아닌 이 세상의 수많은 나가 다 같이 싸대기를 때린다면, 참지 못한 당신들의 앞에 있는 당신들이, 당신들의 뒤에 있는 당신들을 찾아갈 거야. 당신들이 보낸 당신들이 당신들한테 싸대기를 날리게 되는 세상이 반드시 올 거야. 난 그때까지 무대 위에서 열심히 당신들의 싸대기를 때릴 거야. 그래, 우린 아직 무대 바깥에 있는 당신들의 싸대기를 때릴 수가 없어. 그래서 속상해. 속상해서 화가 나. 화가 나면 술을 마셔. 술로 화를 눌러. 술에서 깨면 다시 당신들의 싸대기를 때려. 그래, 이게 아직은 우리야. 속상하지만 이게 아직은 우리야. 하지만 지치지는 않을 거야. 무대 바깥에 있는 당신들의 싸대기를 언젠가 반드시 날리고 말 거야. 기억해 둬! 이 싸대기를!

배우, 용역 1, 2의 뺨을

다시 때린다.

중계하고 있던 처남
처남, 뜨겁게 박수 친다.

전화가 걸려 온다.

처남 매형! 진짜? 진짜야? 알았어!

처남, 전화를 끊고.

처남 매형이 눈물을 흘리고 있어요! 방금 전의 독백에 감동 받았대요!
배우 정말요?
처남 정말이에요! CCTV 뒤에 숨어 있는 자신이 너무나도 반성됐대요. 속이 후련하대요. 매형의 죄의식이 봄눈 녹듯이 사라지고 있대요.
배우 뭐라고요…?
처남 매형이 좋은 연극을 본 기념으로 자선을 베풀고 싶대요.
배우 자선이라면…. 설마, 이곳을 그대로….
처남 에이, 그건 자선이 아니죠. 자선은 자기 할 거 다 하고 베푸는 게 자선이죠. 이건 매형이 예정대로 다 부술 거래요. 그리고 핫한 동시대 아티스트들이 모이는 아틀리에를 만들 거래요. 앤디 워홀의 팩토리처럼 예술이 숨 쉬는 곳으로 만들 거래요.
배우 연극도 예술인데….
처남 매형이 연극은 핫하지가 않대요. 오죽하면 공공극장에서 외국 연극만 들여오겠냐고. 융합, 통섭, 콜라보, 이런 거 할 거래요. 매형이.
배우 그럼…. 어떤 자선을….

처남 매형이 시간을 30분 드릴 테니까 그때까지 천천히 구경하다 가시래요. 챙겨 갈 물건 있으면 챙겨 가도 좋다고.

용역2 잠깐! 우린 그만큼 기다릴 시간이!

처남 돈 더 드린대요.

용역2 있습니다!

처남 그럼, 놀다 가세요.

처남, 퇴장.

용역1 놀고 있는 거로 보이나보군…. 진짜로 놀고 있는 새끼가….

배우 …….

용역1 매일 술을 마시는 이유가 있었군….

배우 …….

용역1 그래도 적당히 마셔.

배우, 운다.

용역2 왜 울어?

배우 모르겠어요…. 그냥…. 그냥 화가 나요.

용역2 화는 이따가 나가서 내. 30분을 선물로 받았으니까 빨리 뭐라도 해.

배우 모르겠어요…. 그냥…. 그냥 화가 나요.

용역1 30분이 지나면 우린 여길 무지막지하게 다 부술 거야. 화는 그때 가서 내도 충분하니까 부서지지 않았을 때 빨리 뭐라도 해.

배우 그럼…. 출연 좀 해 주시면 안 돼요?

용역1 무슨 출연?

배우, 갑자기

소품용 무기를 들고

미친 듯이 휘두르며

배우 못 부숴! 여기는 못 부숴! 이 개새끼들아! 이 씹새끼들아!

용역 1, 2 잠시 당황하다가

알겠다는 듯

용역1 지랄 마! 당장 부숴 주지!

용역2 너 따위는 우릴 못 막아!

용역 1, 2 연장을 휘두르며

분장실로 돌진한다.

배우, 용역들에게 돌진한다.

한동안,

필사적인 것처럼 싸우는

세 사람.

결국, 용역들

일부러.

엄청나게 두들겨 맞는다.

그 자리에

용역2 씨발! 이게 연극이야? 5분 출연했는데 힘들어 뒈지겠네!

배우 저도 이렇게 필사적인 연기는 처음이에요. 기분 좋네요.

용역2 화는 안 나? 한류스타가 너의 세계를 빼앗았는데?

배우 어쩔 수 없잖아요. 건물주니까. 이 30분을 정말 값지게 쓸 거예요. 평생 마음속에 담아 둘 거예요. 마음속에만 있으면, 그건 사라지는 게 아니에요. 존재하는 거예요. 우린 진 게 아니에요. 우린 이긴 거예요.

용역2 정신 승리 진짜 오지네. 평생 건물주들에게 사랑받겠네. 올리라면 올리고 나가라면 나가고.

용역1 우리 초등학생 아들 꿈이 건물주야. 난 아들의 꿈을 이뤄 주기 위해서 오늘도 열심히 건물을 부수고 있지. 부수고 부수면서 떨어지는 부스러기들을 열심히 모으고 모아서 건물을 지을 거야. 그러곤 아들 앞으로 명의를 이전해 주는 거지.

배우 좋은 아버지로군요.

용역1 약속할게. 아들이 건물주가 되면 당신들한테 공간을 하나 내어 주겠다고. 거기다가 똑같이 지으면 되겠네.

배우 정말 좋은 분이시군요. 그럼 혹시 그 공간을 공짜로?

용역1 돌았냐? 물론 처음에는 싸게 줄 거야. 너희가 극장을 다 지으면 그 때부터 계속 임대료를 올리는 거지. 억울하면 나가라고 비웃으면서, 대신 원상복구를 싹 하고 나가야겠지. 너희가 만든 극장을 너희 손으로 부수는 거야.

배우 …….

용역1 자, 25분 더 남았어. 이제 무슨 연기 할 거야?

배우, 잠시 생각하다가.

배우 제가…. 가장 맡고 싶었던 배역이요.

용역1 그게 누군데?

배우 동유럽 사람이에요.

용역2 동유럽! 역시 마지막에는 핫한 걸 하는구먼.

배우 그래요, 핫해요…. 내가 연극을 하게 만들어 준 배역이죠.

용역2 뭐야? 동유럽에서 연극을 시작한 거야?

배우 입시 때 지정독백이었어요.

배우,

분장실에 앉아서

분장을 시작한다.

용역들, 객석에 앉는다.

용역2 이런, 화장을 하는구나. 30분 동안.

배우 화장이 아니라 분장이에요.

용역1 화장과 분장의 차이가 뭔데?

배우 뭐랄까, 화장은 자신을 좀 더 아름답게 꾸미는 것이라면, 분장은 다른 사람이 되기 위해 꾸미는 거죠.

용역1 그럼 지금, 다른 사람이 되는 중인가?

배우 네, 전 30분 동안 다른 사람이 될 거예요.

용역2 갑자기 기대되네. 어떤 사람이 될 거야?

배우, 말없이

분장을 계속한다.

용역들, 그 광경을
말없이 지켜본다.

용역2 참 오래 걸리는구나. 다른 사람이 되는 건.

용역1 우리도 오래 걸렸잖아…. 이런 사람이 되는 데까지.

용역2 아니야, 난 금방 걸렸어. 초등학교 입학식 날 같은 반 애를 때렸어. 그 애 엄마가 우리 엄마를 데려오라고 했어. 난 보육원이라 엄마가 없다고 했어. 그 애 어머니께서 말씀하셨어. "어쩐지, 어쩐지, 어쩐지! 넌 커서 깡패 될 거야! 이 새꺄!" 그날 이후로 난 내 길을 벗어난 적이 없어.

용역1 너 지금 자신을 합리화하는 거야? 엄마가 없어서 깡패가 됐다고? 친구 엄마가 저주를 퍼부어서 깡패가 됐다고? 세상이 나를 망쳤다고 말하는 새끼들이 제일 싫어.

용역2 그럼 넌 왜 이걸 하는 건데?

용역1 가장 빠를 것 같아서, 건물주 되는 게. 난 내가 나쁜 놈인 걸 알아. 그래서 떳떳해. 난 최소한 깨끗한 대한민국을 만들겠다느니, 국민 여러분을 위해 한 몸을 바치겠다느니, 절대로 가스랑 전기요금 안 올리겠다는 얘기 안 한다고. 난 깨끗한 건물을 세울 거고 내 가족을 위해 한 몸을 바칠 거고 임대료를 존나게 올릴 거야.

용역2 너 상당히 나라를 싫어하는구나.

용역1 나한테 없는 마음이 두 개 있어. 동정심이랑 애국심. 그래서 내가 살아남는 거야. 이 나라에서. 만약 내가 덴마크나 네덜란드에서 태어났으면 동정심도 있고 애국심도 있을 거야. 난 떳떳해.

용역2 우와! 상당히 설득력 있다. 넌 어떻게 그런 지성을 쌓은 거야? 책?

용역1 페이스북만 봐도 이 정도는 알 수 있어.

용역2 훌륭한 새끼구나. 스티브 잡스.

용역1 마크 저커버그야.

용역2 우와! 그건 또 어떻게 안 거야?

용역1 페이스북을 보면 돼.

용역2 씨발! 당장 가입할 거야! 친구 안 맺어 주는 새끼들 두고 봐!

용역1 페이스북 얘기는 나중에 하자. 우린 눈앞에 진짜 페이스가 있잖아. 진짜 얼굴. 진짜 페이스.

배우, 마침
분장을 다 끝낸다.

천천히 자리에서 일어나
무대로 나온다.

독백을 시작한다.

배우 ……트리고린도 와 있다고? 상관 없어. 그 사람, 연극을 우습게 알고 내 꿈을 비웃기만 했지. 연극이 좋아서 나를 좋아한게 아니라 내가 좋아서 연극을 좋아하는 척한 거지. 내가 점점 싫어지면서, 연극을 좋아하는 척도 점점 사라졌어. 가짜 관객 한 명 때문에 수많은 진짜 관객을 놓쳤지. 난 점점 신념도 무너지고, 열정도 사라졌어. 난 점점 소심하고 초라한 인간이 돼서 아무렇게나 되는 대로 연기했어.

처남, 뛰어 들어온다.

처남 스톱! 스톱! 다시! 다시!

배우 이럴 수가…. 배우가 무대에 있는데 뛰어 들어오다니.

처남 조금 전에 매형이 인터뷰하느라 시작을 못 보셨대요. 매형도 아주 좋아한대요. 방금 했던 그, 그 러시아 새끼 누구지.

배우 체호프예요. 러시아 새끼가 아니라….

처남 맞아요, 그 새끼. 처음부터 제대로 감상하고 싶으시대요. 신곡의 제목이 떠올랐다고. 제목은 〈굿바이 체호프〉래요. 매형은 체호프 복장인데 백댄서들은 섹시하게. 요즘은 섹시함과 인문학의 결합이 흥행요소래요. 만약에 독백을 아주 잘 하면 매형이 뮤직비디오에 출연시키고 싶대요. 허허벌판에서 진지하게 독백을 낭송하고 있으면 저 멀리서 매형이 러시아 개썰매를 타고 등장하는 거죠. 백댄서들이랑.

배우 …….

처남 준비하시고, 시작!

배우 ……

처남 매형 때문에 떨리시는구나. 다시, 준비하시고, 시작!

배우 …….

처남 진짜 떨리시나 보네. (관객들에게) 다 같이! 괜찮아! 괜찮아! 괜찮아!

배우, 처남을

한참 동안 바라보다가

다시

독백을 시작한다.

배우 ……트리고린도 와 있다고? 상관 없어. 그 사람, 연극을 우습게 알고 내 꿈을 비웃기만 했지.

처남 잠깐! 트리고린이 누구에요?

배우 …체호프의 〈갈매기〉에 나오는 잘나가는 소설가예요.

처남 소설? 소설도 돈 많이 버나?

배우 …소설과 연극이 당대의 예능이었어요.

처남 아아…. 계속하세요.

배우 가짜 관객 한 명 때문에 수많은 진짜 관객을 놓쳤지. 난 점점 신념도 무너지고, 열정도 사라졌어. 난 점점 소심하고 초라한 인간이 돼서 아무렇게나 되는 대로 연기했어.

처남 되는 대로 연기를 하면 성공할 수 있나?

배우 …….

처남 미안, 계속하세요.

배우 손을 어디에 둬야 할지, 무대에 어떻게 서 있어야 할지, 목소리를 어떻게 내야 할지. 다 잊어버렸어. 형편없는 연기를 하고 있다고 스스로 느낄 때의 기분. 당신은 모르겠지.

처남 알 것 같아요. 지금 그렇게 연기하고 계시네요.

배우 …….

처남 미안, 계속하세요.

배우 당신이 갈매기를 쏴 죽이던 날, 트리고린이 말했지. '지나가던 남자가 한 여자를 보고 심심풀이로 파멸시켜 버렸다.' 아니, 난 아직 파멸당하지 않았어. 난 무대에 서 있어. 난 계속 좋아질 거야. 계속 훌륭해질 거야. 계속 아름다워질 거야. 난 언젠가 꼭, 좋은 배우가 될 거야.

처남 아, 정신 승리한 거구나. 스스로 도취해서 스스로 훌륭하다고 느끼면서.

배우, 말없이

처남을 노려본다.

처남 무서워요.

배우 왜…. 왜 자꾸 모욕하는 거예요…. 당신이 보기에 나는 아무것도 아닌 사람일 수 있지만…. 나는 배우예요…. 나는 지금 무대에서 진심을 다해서 독백하고 있다고요…. 마음을 담은 말을 하고 있다고요…. 왜 내 말을 끊어요? 왜 나를 모욕해요? 5분이라도, 딱 5분이라도 날 존중하면 안 돼요? 무대를, 연극을, 존중하면 안 돼요?

처남, 박수 친다.

처남 좋네요. 방금 그게 진짜 같네요.

배우 …….

처남 왜 모욕하냐고요?

배우 …….

처남 이유는 없어요. 심심하니까. 심심해서 모욕하는데 아무 저항을 안 하니까.

배우 …….

처남 아까 그 독백에도 나오던데. '지나가던 남자가 한 여자를 보고 심심풀이로 파멸시켜 버렸다.'

배우 …….

처남 당신이 꿈꾸는 인물이 고작 그 정도로 사는 인간이었어요?

배우 이건…. 이건…. 니나예요

처남 니나…. 파멸 받아 마땅하네.

배우 …….

처남 D.H 로렌스의 시 읽어 봤어요?. '자신을 동정하는 야생동물은 없다. 둥지에서 떨어진 새조차도 자신의 신세를 동정하지 않는다' 내가 한류스타의 처남이라고 아무 생각도 없고, 아무 일도 안 하는 것 같죠? 천만에, 나는 일부러 아무 생각 안 하고, 아무 일도 안 하는 척할 뿐이야. 그래야 매형이 나를 딱하게 보니까. 나를 경계하지 않으니까. 나를 놀고먹게 해 주니까. 그래서 난 파멸을 안 해. 난 기생해. 나 혼자 무대에서 빛을 받을 일은 없겠지만, 최소한 무대 밖으로 쫓겨나지는 않아. 어디로 붙어야 할지를 아니까. 문짝이 뜯기고 짐들이 내던져지는 이 나라의 한복판에 살면, 이 나라의 한복판에 맞는 독백을 해야지. 왜 자꾸 저 먼 나라 말들만 끌어와서 중얼거리는 거야. 유체이탈 화법이야? 이해가 안 가, 이해가 안 가, 이해가 안 가!

사람들 …….

처남 와…. 이런 게 독백이구나.

사람들 …….

처남 나도 심심한데 배우나 할까? 아, 그러면 처남을 못 하는데. 에이 그냥 처남이나 해야겠다.

사람들 …….

처남 그럼, 저는 다시, 아무것도 모르는 처남모드로 돌아갈게요.

사람들 …….

처남 매형! 용돈 좀!

처남, 퇴장.

용역2 저 새끼도…. 연기 존나 잘하는구나.

배우 그렇네요…….

용역1 다들 자기 자신에 대한 연기 하나는 끝내주는 법이지. 몇십 년을 그것만 연기하니까.

배우 아저씨들도 지금 연기 중이신가요?

용역1 그래, 난 지금 존나 무서운 사람인 것 같은 연기를 하고 있어. 아주 냉혹하고 잔인한 사람처럼 보이려고 얼굴에서 웃음기를 싹 빼 버렸어. 웃으면 만만해 보이니까.

용역2 나도 지금 존나 싸움 잘하는 사람인 것 같은 연기를 하고 있어. 눈을 사정없이 부라리면서 언제라도 싸울 수 있는 사람이라는 것을 강조하고 있지.

배우 힘들겠어요. 종일 웃지 않고 눈을 부라리고 있으면.

다들, 잠시 말이 없다.

배우 선물 드릴까요?

용역1·2 …….

배우 15분을 선물로 드릴게요.

용역1·2 …….

배우 15분 동안 다른 연기를 해보세요. 무섭고 싸움 잘하는 연기 말고.

용역2 착하구나… 괜히 미안한데….

용역 1,

용역 2의 뺨을 때린다.

용역1 지금 우리한테 자선을 베푸는 거야? 쫓겨나는 주제에 쫓아내는 새끼들한테 15분을 선물로 준다고? 이곳에서 머무는 마지막 시간을 준다고? 어처구니가 없구먼. 그러니까 평생 지면서 사는 거야.

나 같으면 그 15분 동안 연장을 휘두르면서 웃통을 벗어젖히면서 생지랄을 치겠다. 울고불고 떼를 쓰겠다. 시끄럽고 귀찮으니까 몇 푼이라도 던져 주겠지. 이게 이기면서 사는 방법이야.

배우 전 그렇게 안 살아요.

용역1 …….

배우 그렇게는 못 살아요.

용역1 …….

배우 나를 아무리 놀리고 비웃고 욕해도 소용없어요. 난 절대 그렇게 안 살아요. 난 그냥 이렇게 살 거예요. 극장을 찾아서 연극을 할 거예요. 극장에서 쫓겨나면 다른 극장을 찾아갈 거예요. 극장이 사라지면 카페에서 공원에서 놀이터에서 연극을 할 거예요. 내가 사는 동안 세상은 점점 꽉 차고 꽉 차고 꽉 차서 나를 밀고, 밀고, 또 밀어붙이겠지만, 난 밀리고, 밀리고, 또 밀린 곳에서 계속 연극을 할 거예요. 난 절대로 복수 안 해요. 난 절대로 저항 안 해요. 난 계속 밀리고 쫓기고 두들겨 맞으면서도 계속 연극을 할 거예요. 난 이렇게 살 거예요. 난 이렇게 살 거예요. 난 이렇게 살 거예요.

모두들,

잠시 말이 없다가.

용역1 …자신 있어? 계속 밀리면서, 계속 연극을 할 자신.

배우 …자신이 있고 없고의 문제가 아니에요. 우린 그렇게 살아가도록 태어났어요.

용역1 멸종이 되어 가는…. 어떤 야생 짐승을 보는 것 같네.

배우 …….

용역1 그래도 야생은 야생이네…. 아직은….

배우 ……….

용역1 이걸 다 치우려면…. 조금 시간이 걸릴 거야.

배우 ……….

용역1 그때까지는 마음껏 써.

배우 ……….

용역1 모든 게 사라지기 전까지는, 극장이니까.

무대에 있는 모든 것들을
치우기 시작한다.

배우,
그 치우고 치우는 한복판에서.

니나의 독백을 시작한다.

무대에 있는
모든 것들이 치워지면
무대에 불도 사라진다.
하지만,
니나의 독백은
어둠 속에서 계속된다.

배우 ……트리고린도 와 있다고? 상관없어. 그 사람, 연극을 우습게 알고 내 꿈을 비웃기만 했지. 연극이 좋아서 나를 좋아한 게 아니라 내가 좋아서 연극을 좋아하는 척한 거지. 내가 점점 싫어지면서, 연극을 좋아하는 척도 점점 사라졌어. 가짜 관객 한 명 때문에 수

많은 진짜 관객을 놓쳤지. 난 점점 신념도 무너지고, 열정도 사라졌어. 난 점점 소심하고 초라한 인간이 되서 아무렇게나 되는 대로 연기했어. 손을 어디에 둬야 할지, 무대에 어떻게 서 있어야 할지, 목소리를 어떻게 내야 할지. 다 잊어버렸어. 형편없는 연기를 하고 있다고 스스로 느낄 때의 기분. 당신은 모르겠지. 당신이 갈매기를 쏴 죽이던 날, 트리고린이 말했지. '지나가던 남자가 한 여자를 보고 심심풀이로 파멸시켜 버렸다.' 아니, 난 아직 파멸당하지 않았어. 난 무대에 서 있어. 난 계속 나아질거야. 훌륭해질 거야. 아름다워질 거야. 난 언젠가 꼭, 좋은 배우가 될거야. 그날이 오면 나는, 공연이 끝난 후의 커튼콜에서, 아주 길고 아주 깊은 인사를 할 거야. 밤이 깊어지고 있어. 모든 게 사라지고 있어. 인간도, 사자도, 독수리도, 뿔 달린 사슴도, 거위도, 거미도, 물속에 사는 말없는 물고기도, 바다에 사는 불가사리도, 사람 눈에 보이지 않는 미생물들도, 생명이 있는 생물이 모두 슬픈 순환을 마치고 사라지고 있어. 괜찮아. 수천 세기 동안 지구엔 어떤 생물도 존재하지 않았고, 저 외로운 달만 허무한 등불을 켜고 있었어. 이제 들판에는 잠에서 깬 학의 울음소리도 그쳤고, 보리수 숲에는 딱정벌레 소리마저 들리지 않아. 괜찮아. 아직은 서 있을 수 있어. 모든 것이 사라져도, 모든 것이 사라지고 있다는 내 말은 아직 사라지지 않았어.

어둠 속의 독백이 끝나면.

불이 들어온다.

무대에는

아무도 없다.

-막-

보도지침

2019년 9월 30일 1판 1쇄 펴냄
2024년 7월 1일 2판 1쇄 펴냄

지은이 오세혁
펴낸이 김성규
편집 김안녕 조혜주 한도연
디자인 신혜연
펴낸곳 걷는사람
주소 서울특별시 마포구 월드컵로 16길 51 서교자이빌 304호
전화 02 323 2602
팩스 02 323 2603
등록 2016년 11월 18일 제25100-2016-000083호
ISBN 979-11-93412-38-1
979-11-89128-30-2 [04810]

*이 도서는 한국출판문화산업진흥원의 '2019년 우수출판콘텐츠 제작 지원' 사업 선정작입니다.